Gertrud Schloß
Die Nacht des Eisens

Gertrud Schloß

Die Nacht des Eisens

Gedichte

und

Tamara Breitbach

Lea Gertrud Schloß
Jüdin, Lesbe, Schriftstellerin und Sozialdemokratin

Biografischer Essay

éditions trèves

Bibliografische Information der Deutschen Nationalbibliothek
Die Deutsche Nationalbibliothek verzeichnet diese Publikation in der Deutschen National-
bibliografie; detaillierte bibliografische Daten sind im Internet abrufbar über:
http://dnb.d-nb.de

Schloß, Gertrud
Die Nacht des Eisens
Trier: éditions trèves, 2019
         ISBN 978-3-88081-611-4

Mit einem biografischen Essay von Tamara Breitbach

www.treves.de

Umschlaggestaltung: éditions trèves

Produktion: Alfred Nordmann, Jerusalem, Israel

Auflage: 5. 4. 3. 2. 1.
© und Gesamtproduktion im Jahre: 2023 22 21 20 19
            bei
         éditions trèves
         Postfach 1550
         54205 Trier

Nachdruck und Vervielfältigung jeder Art, auch auf Bild-, Ton-, Daten- und anderen
Trägern, insbes. Fotokopien (auch zum »privaten« Gebrauch), sind nicht erlaubt
und nur nach *vorheriger* schriftlicher Vereinbarung mit dem Verlag möglich.

Hrsg. mit Unterstützung des Vereins zur Förderung der künstlerischen Tätigkeiten –
éditions trèves e. V.

Gertrud Schloß

Begegnungen

Gedichte

Rhythmus meines Lebens.

Der Rhythmus meines Lebens
schreitet durch die Nacht:
rasend und ruhig.
Qualvoll zu hören,
daß das Ich geht.

Der Rhythmus meines Lebens pocht
in Tages Helle:
schmerzvoll und freudig.
Herrlich zu fühlen,
daß man ist.

Der Rhythmus meines Lebens klingt
an schweigenden Abenden:
unsagbar zu wissen um sich selbst.

Einer Frau.

Du geht durch das Leben
brennend und fiebrig.
In Deinen Händen ist die Schönheit.
In Deinen Augen glänzt die Sehnsucht.

Du gehst durch das Leben
wie im Traum.
Aber ein Wachsein strömt aus Dir,
heiß und verlangend.

Du gehst durch das Leben,
herb,
verschlossen.
Und keiner kann Dich halten.
Du bist vorüber,
eh' wir Dich kennen.

Der Klang über der Erde.

Von Zeit zu Ewigkeit
weht ein Klang
über die Erde,
verweht,
kommt,
klingt in Nächten
rieselnd wie Blut
gleitet über verschlungene
Leiber.

Von Zeit zu Ewigkeit
weht ein Klang
über die Erde,
verweht,
kommt,
singt an Morgen,
lachend wie Blumen,
eilt an nachtfriebrigen
Augen vorbei.

→

Von Zeit zu Ewigkeit
weht ein Klang
über die Erde,
verweht,
kommt,
träumt an Nachmittagen,
spielend wie Frauen,
küßt ihre schmalen Hände.

Von Zeit zu Ewigkeit
weht ein Klang
über die Erde,
verweht,
kommt,
glutet durch schweigsame Abende,
tief wie sehnsüchtige Hoffnung,
taucht in ihr dunkles
Bereitsein.

Mittag am Fluß.

Der Fluß fließt durch den Mittag,
still und träge,
– gleichmäßiger Takt grüngrauer Wellen, –
an den Häusern vorüber,
in die die Sonne schläfrig blinzelt.
Wiesen schlafen.
Wälder stehen in der Ferne.
Schritte tönen durch die Gasse.

Frühlingsnacht.

Wenn im sanften Dunkel silberner
Frühlingsnächte
leise Schleier sich um unzählige Sterne
und den weichen Mond hüllen,
fühle ich in meinem Blut das Feuerband
glühenden Lebensdurstes
sich zur wilden Sehnsucht emporzüngeln,
und meine Seele jauchzt in der Einsam-
keit mit brennender Liebe.

Orient.

Träumend ruht mein Geist in jenen Fernen,
wo die Sonne blühender Gärten
und der Duft von tausend Rosen
zwischen Schlaf und Wachen
mich mit täglich neuem Zauber süß umwoben,
wo des Silberspringquells helle Strahlen
göttliche Musik zu meinem Herzen trugen,
wo die Bajaderen,
wild-verzückt und kindlich-bittend
auf den weißen Marmorfließen
in der Säulenhalle tanzten,
und des Abends heiße Lieder in die Lüfte klangen.

Rote Rosen.

In meinem Garten blühen rote Rosen.
Sammet und seidig sind ihre Blätter.
Wie ein selig-lächelndes Geheimnis strömt
ihr Atem in die Nacht hinaus.

Rote Rosen in schmerzenden Sommernächten,
ihr seid wie Frauen,
die sich erfüllten;
euer Duft ist eine zeitlos-rauschende Melodie,
wenn der Wind euch im Vorbeigehn küßt.

Lichter am Fluß.

Lichter am Fluß stehen flackend in den Abend.
Ufer glimmen auf,
fallen in grau-grüne Wasser.
Eine Stadt spiegelt sich in gelben Kugeln,
gespenstig,
unruhig.
Ruderboote zerteilen Wellen,
leicht und graziös.
Gesang taucht unter,
verhallt noch einmal an roten Bergen.
Nachtduft schwingt über Rasenflächen,
treibt in die Lichter,
schmiegt sich hinein,
löscht eins nach dem andern.

Juninacht.

Gärten liegen weit und schattig in der Juninacht.
Klingt die Rose?
Spielen Sträucher leise durch schweigenden Sommer?
Singt der schmale Fluß am offnen Tor vorbei?

Ein Hauch weht von den Feldern.

Liebesgedicht.

Wenn ich in meinen Garten geh
und dem Gesang der Vögel lausche,
höre ich Dich.

Wenn mein Körper die dunkelroten Rosen,
die wie Samt meine Haut berühren,
streift,
fühle ich Dich.
Und wenn mein Auge auf den kristallnen
Spiegel des Sees fällt,
sehe ich Dich.

Du erfüllst meinen Garten mit Schönheit,
der Duft meiner Rosen verrät mir Dich.
Du bist das Geheimnis,
das meine schattigen Bäume umgibt,
das Seltsame,
dem ich erliege.

Rokoko.

Lichtsilbrig,
hüpfend,
gewirkte Bänder.
Brokatstühlchen,
Puder,
Entzückende Figürchen.
Wirklichkeit im seidenen Spuk.

Irrlichtern,
Haschen,
Finden.

Wie schön!
Wie reizend!
Ein Menuett.

Natürlich so war's.
Compliments.
Faites votre jeu.

Es war ein Spiel
im Ring italienischer Geigen.
Es ist ein Spiel,
noch heute,
in andern Kleidern.

Sommernacht.

Ich ging durchs Licht –
Auf weißen Terrassen glühte
bläulich Goldmosaik des Bodens.
Die Sommernacht vibrierte.
Gleich zuckenden Flammen glitten
die Lichter aus flachen Schalen
über schwarzes Haar.
Irrlichtern in dunklen Augen.
Was war's,
was durch die Luft wob,
schwer und seidig?

S i e schritt durchs Licht.

Jauchzen?
Verlangen?

O f f e n b a r u n g .

Herbst.

Durch die Abendwolken streift ein Klingen
wie aus fernen Sommernächten.
Aber die roten Rosen glühen nicht mehr,
und alles ist tot.

Aus den Gärten steigen zauberische Düfte
zur Terrasse empor.
Doch des Marmors bläuliche Blässe
empfängt sie nicht mit gleißendem Schimmer,
denn der Glanz ist längst erloschen.

Amoretten standen lächelnd unten im Park,
sahen der Fontäne zu,
wie sie,
Wasser spielend,
Silberbänder durch die Lüfte wob.
Erstarrt ist ihr Lachen zu grinsender Totenmaske.

Nächtliche Stadt.

Durch Nacht ging ich
die beschmutzten Straßen der Großstadt dahin,
traumhaft.
Im Dunkel irrte das Auge in beklemmender,
nie gekannter Luft.
Ringsum still erstarrte Schwärze.
Fahles Bogenlicht schlichtete graue Steinmassen
wie Holzblöcke aufeinander,
tot,
steif.
Grauenhaft brannte Asphalt.
Es roch nach Verwesung.

In dieser Nacht schritt ich,
Lichterglanz im Gedächtnis,
durch einen steinernen Sarg.

Die Straße der Armut.

Schlammig,
verfallen
führt eine Straße am Fluß
vorbei.
Gelockerte Steine verstellen
den Weg zu schief-hohen Häusern
am Rande der Stadt.
Schmutzige Kinder,
verstaubt und verweint,
spielen frierend in grau-grünen Tümpeln.
In dunklen Nischen
fassen Matrosen zitternde Mädchen.
Alte Frauen,
zerlumpt,
mit zerrissenen Gesichtern
humpeln zum Krämer.
Aus niedrigen Kneipen
steigt wüstes Geheul.
Unten am Fluß
dreht der Leiermann seinen krächzenden Kasten,
während der Totenwagen vorüberschwankt.

Ballade der Mitternacht.

Im Spielsaal stieg der Nervenkitzel unerträglich,
die Gier des Würfels klebte an den goldnen Tischen,
verkrampfte Menschenfinger streckten sich nach jedem Schein.

Vom Nebenraum erscholl der letzten Mode Jazz und Gläserklirren.
Die kleine Gräfin mit dem scharf gefärbten Blond war des Teufels.

Besessen von der Treibhausglut des Augenblicks
bot sie sich selbst dem Croupier.
Ich ließ mein Portefeuille ihr so nebenher
und ging.
Mich ekelte.
Noch im Hinausgehen streifte mich unsinnig Loderndes
aus irren Augen.

Dann stand ich in der klaren Mitternacht,
wo weiße Birken im Auf und Ab des Nachtwinds graziös
sich wiegten
und herbe Düfte kühlend aus der braunen Erde strömten.
Nachtfalter woben eine leise Melodie.
Die Wasserrosen fielen lautlos auf den Teich.
Ein Springquell glitt nah über frischen Rasen.

Da weinte meine Seele in der Mitternacht. –
In heißen Sälen aber floß Champagner
und Menschen spielten, mit verzerrten Lippen.

Der Schrei in die Welt.

1.

Ich ging durch die Straßen der Großstadt,
den schwarzen Abendmantel vom Souper
lose um die Schultern.
Graue Granitblöcke glotzten mich an,
unbeweglich,
starr,
erstorben.
Mich schauderte.

In einer Ecke kauerte die Dirn.
Lüstern blickten ihr Augen.
Doch ganz zutiefst,
wo das Weiß des Augapfels schimmert,
schrie Sehnsucht.
Sehnsucht!

2.

Die Fürstin präsidierte.
Milchfarbene Perlen glänzten ruhig oben
an der Galatafel.

Der Fürst blickte zufrieden und glücklich,
eine Rosette des ancien régime im
Aufschlag seines tadellosen Fracks.
Glatte Gesichter.
Exquisite Toiletten.
Die Damenwelt blond braun und
schwarz.
Ein Duft von eau de cologne.
In den Kelchen Champagner.
Zarte Wiener Walzer schwebten über
spiegelblankes Parkett.

Die Fürstin präsidierte,
verschlossen-schön.
Ich brannte ihr in der Seele.
Sie sah mich an,
sah mich an –
Nicht doch. –

Die Fürstin präsidierte.
Gedämpft klang Cello.
Nun denn –
ein Spiel.
Durch verschlafene Gärten führt der Weg,
an einsamen Rasen vorüber.
Springquellen rauschen.
Weshalb denn nicht?
Ein Spiel.

→

3.

Der Abend stand still.
Vorstadtgärten blühten in der Frühlingsluft.
Die Welt war bitter und leer,
ein Nichts,
wild-zerrissen.
Ein Nichts in der Unendlichkeit,
trostlos,
öde.
Alles umsonst.
Alles vorbei. –
Ich wanderte,
wanderte durch die armseligen Straßen
der Vorstadt.
Unstillbaren Schmerz im Herzen.
Allein.
Geendet.
Da –
Nein,
nein,
es ist nicht wahr –
Und doch –
O Herz
sei ruhig,
halt still –
As-dur!
Ja!
Ja. As-dur
Ein Ton –
As-dur!
Nach dir durchras' ich die Welt!

Karneval.

Brünstig,
roh,
ein Saal voll Menschen.
Lachen,
dumm und wild,
Gläser,
Wein,
Champagner,
Witze aus der Gosse,
frech und sinnlos.
Schmuck blitzt auf in dunstigem Nebel.
Schöne Frauen,
trunkenen Männern preisgegeben.
Larve wird zur Echtheit.
Hände greifen gierig nach dem Fleisch.
Karneval? –
Spässe taumeln fletschend durch die Säle,
Teufelslachen schallt von allen Wänden.
Eine Fratze grinst.
Karneval!

Ein Narr irrt durch die Welt.

Bin ein armer Narr –
trag mein Herz in meinen Händen,
heiß und zuckend.

Bin ein armer Narr –
in der Seele einen Menschen,
schön und rein,
und unerreichbar.

Bin ein armer Narr –
leb der Sehnsucht nach dem Glück,
leb den Augen einer Frau,
tief und herb.

Bin ein armer Narr –
hör' die Geigen
und möcht weinen.
Armer Narr –

Die Nacht des Eisens.

Die Erde zittert.
Maschinen stampfen.
Wollüstig rast
das Lichtband durch die Nacht.
Durch mitternächtige
Weißglut
bricht der Schrei des Motors,
vielfach gebrochen
an den Mauern
steinerner Hallen.

Der Atem tobt
durch fiebrige Lungen.
Das Blut kreist
wie im Irrsinn
durch den Körper.

Toll
wirbeln Zeiten durch
die Welt.
Minuten werden Jahre,
Sekunden Tage.

→

Ich stürze mich
hinein,
in dieses Licht
im herrlich kalten
Eisen.
Inbrünstig
fassen meine Arme
Stahl.
In sausenden
Maschinen
erstick' ich mein
Verlangen,
im ewig-kalten
Rausch
der Urgewalten.

Einsamkeit.

Über weiße Flächen peitscht der Wind.

Die Lichter der Stadt irren durch die Nacht,
schillernde Meteore flackern sie gegen den
Horizont,
brennend,
lockend.

Über weiße Flächen peitscht der Wind.

Der Sturm bläht durch zerklüftete Bäume.
In tausend Schreien dröhnt die Stadt,
hilflos,
dumpf,
zerrissen.

Über weiße Flächen peitscht der Wind.

Ich schritt durch die Straßen der Menschen,
froh und gläubig.
Ich hörte das Weinen eines Kindes.
Das Lächeln der Frauen glitt vorüber.
Ich fing es auf.
Doch es verlosch.

→

Ich ging durch die Gärten der Menschen
in heißen Sommernächten.
Ich sah das Hoffen –
und blieb still.
Ich fühlte den Schmerz
und konnte nicht helfen.

Über weiße Flächen peitscht der Wind,
nackt und mitleidlos.

Die Lichter der Stadt zerrinnen.

Ein Weinen schleicht durch die Nacht.
Ein Lächeln fliegt über den Schnee.

Umsonst.

Vorüber.

Ahasver.

I.

Sie tanzen in hellen Sälen.
Sie brennen von Gier und Lust.
Ein leises Parfüm schwebt über den Boden.
In Spiegeln erglänzen heiße Gesichter.
Und einer sieht zu,
dunkel
und träumerisch.
Eine Frau geht vorüber,
schwer und müde,
um den zuckenden Mund ein ersticktes Lächeln,
in den nächtigen Augen verschüttete Sehnsucht.
Und er sieht das Lächeln,
und er spürt die Sehnsucht,
geht vorüber,
stumm –
vergißt.

→

II.

In weißen Nächten geht er durch die Straßen.
Der Wind zerrt an seinem schweren Mantel.
Er spürt es nicht.
In weißen Nächten lauscht er an den Türen
der Menschen.
Sie lachen ihn aus,
sie treiben ihn weiter.
Er sieht sie nicht.

In weißen Nächten tritt er in die Stätten des Lasters,
atmet hungrig stickige Luft,
schläft in den Armen der Dirne –
und weiß es nicht.

III.

Der Draht funkt durch die fiebernde Welt:
gestiegen,
gefallen.
Die Kurse eilen.
Die Kurse sinken.
Es leitet sie eine unsichtbare Hand.
Die Menschen schreien nach Brot.
Die Kinder weinen in trostlosen Löchern.
Maschinen sausen.
Hebel dröhnen,
im Hafen gehen Krane bei Tag und Nacht,
Bergwerke fördern unaufhörlich,
Naphtaquellen rauschen Melodien des Gewinns.
Und einer herrscht.
Und einer befiehlt –
und zerstört es zuletzt.

→

IV.

Sie jubeln ihm zu.
Sie nennen ihn Führer.
Sie hoffen auf ihn.
Erlösung wird kommen.
Erlösung ist da.
Er schafft das Glück,
gibt Freude,
bringt Leben –
zertrümmert es dann,
ist fort.

Tamara Breitbach

Lea Gertrud Schloß –
Jüdin, Lesbe, Schriftstellerin und Sozialdemokratin

Biografischer Essay

1. Einleitung

Lea Gertrud Schloß wurde am 18. Januar 1899 in Trier geboren als Tochter eines Fabrikanten von Herrenkonfektionen. Sie machte Abitur in Trier, studierte in Würzburg, Frankfurt sowie Heidelberg, und promovierte in Nationalökonomie (Volkswirtschaftslehre) über die bolschewistische Staatstheorie. Zurück in Trier arbeitete die Sozialdemokratin bei der parteinahen Tageszeitung »Volkswacht«, zunächst als Theater- und Kulturrezensentin, später als Schriftleiterin.

Gertrud Schloß gründete die Trierer und die Luxemburger Volksbühne mit, um Arbeiterinnen und Arbeitern den Zugang zu Kultur und Theater zu ermöglichen.[1] Sie veröffentlichte das Theaterstück »Ahasver« in den 1920er Jahren, im Jahr 1932 außerdem Gedichte unter dem Titel »Begegnungen«. 1985 wurden diese Texte dank Eberhard Klopp erstmalig wieder der Öffentlichkeit zugänglich gemacht und bei éditions trèves publiziert.

Schloß schrieb unter ihren Pseudonymen Alice Carno und Mary Eck-Troll im Frankfurter Exil für unterschiedliche Verlage Groschenromane mit Titeln wie »Loni, Leben eines Barmädchens« (1930), »Aufruhr um Lilly« (1935), »Rechtsanwalt Dr. Edith Brandt« (1937) und »Zwischen Pflicht und Liebe« (1939/40, ganz oder teilweise im Escher Tageblatt erschienen), sowie »Das unruhige Herz« (o. J.) und »Seine Frau, die Fliegerin« (o. J.).

Als kinderlose Jüdin, Journalistin, Schriftstellerin[2], Sozialdemokratin und Lesbe war sie den Nationalsozialisten in vielfacher Hinsicht zum Feind geworden. Nach deren Einmarsch in Luxemburg, wohin Gertrud Schloß im Juli 1939 ausgewandert war, geriet sie schnell in das Gestapo-System und wurde in Fünfbrunnen, einem Internierungs- und Sammellager für luxemburgische Juden, dem euphemistisch so genannten »Jüdischen Altersheim«[3], untergebracht. Mit dem ersten Deportationszug am 16. Oktober 1941 wurde Gertrud Schloß zunächst ins KZ Litzmannstadt/Lodz verschleppt. Im Mai 1942 wurde sie – vermutlich in einem Gas-Lastkraftwagen – im KZ Chelmno/Kulmhof ermordet und anschließend in einem nahegelegenen Waldstück verscharrt.[4]

Bis heute liegt keine biografische Übersicht über diese bemerkenswerte Frau vor, und ihr Gesamtwerk ist auf Bibliotheken in Deutschland, Luxemburg und den USA verteilt.

Diese erste umfassende Untersuchung über das Leben und Wirken von Gertrud Schloß folgt den Lebensstationen: Es beginnt mit ihrer Geburt in eine reiche Unternehmensfamilie, und führt weiter über ihre Schulbildung, ihre Kindheit und Jugend in Trier, die geprägt war von den Erlebnissen des 1. Weltkriegs. Ihr Studium, die Promotion, die ersten journalistischen Arbeiten und die literarischen Gehversuche werden beschrieben bis zum abrupten Ende der Karriere durch die Machtergreifung der Nationalsozialisten. Es wird versucht, ihrem Umgang mit den Repressionen des verbrecherischen Nazi-Regimes nachzuspüren, auch ihre Deportation aus Luxemburg und ihr gewaltsamer Tod in der Tötungsmaschinerie des KZ Chelmno werden nicht ausgespart. Außerdem soll in einem Ausblick der Frage nachgegangen werden, wie die ersten Spuren dieses Lebens wiederentdeckt wurden und aus welchen Puzzleteilen und aus welch wertvoller Recherchearbeit anderer sich die vorliegende Arbeit zusammensetzt. Und dennoch kann sie nur ein weiteres Teilstück bleiben, es gibt noch vieles von Gertrud Schloß zu entdecken. Die Verfasserin ist froh, wenn diese Arbeit Anregung gibt, sich noch intensiver mit der Trierer Schriftstellerin Gertrud Schloß zu beschäftigen.

2. Die Familie Schloß – gut vernetzt in der Region und unternehmerisch aktiv

Die Familie Schloß war eine angesehene Unternehmensfamilie, die ursprünglich aus dem Hunsrück stammte.

Gertruds Urgroßvater Jakob Schloß wurde am 12. August 1789 in Simmern geboren, wo er auch am 26. November 1851 verstarb. Aus seiner zweiten Ehe stammte Gertruds Großvater Heinrich, der am

14. Januar 1833 in Simmern geboren wurde. Er wurde durch Privatlehrer unterrichtet.[5] Später zog er nach Trier, wo der Großvater 1858 in die bereits seit 1848 bestehende und von Simon und Tobias Schloß gegründete Fa. Gebr. Schloß eintritt. Die Firma vertreibt Kurzwaren und Lumpen und stellt Kammwaren her. Der Sitz ist in der Neustr. 351 Trier (später Neustr. 251) bekundet.

Mit der Umfirmierung 1868 der Firma zu »J. Schloß und Söhne« bekommt das Unternehmen seine spätere Struktur und wird jetzt als Knabenkleiderfabrik geführt, als es seinen Firmensitz Ende den 19. Jahrhunderts in die Saarstraße 12/13 verlegt.

Im Jahr 1912 werden die Hausnummern der Saarstraße neugeordnet. Die Firma erhält ihre Adresse in der Saarstraße 31/33, die Gertrud Schloß bei ihrer Immatrikulation an der Universität Heidelberg angibt. Der Großvater heiratete Caroline Blum, die am 26. Februar 1836 in Vorderweidenthal geboren wurde.

Zwischen Caroline Blum und ihrer Schwester Fanny bestand eine enge Verbindung. Fanny war die Großmutter der später im Nationalsozialismus wegen ihrer Homosexualität verfolgten und ermordeten Zwillinge Ernst Simon und Leo Gustav Salomon. Die Großeltern Heinrich und Caroline verstarben 1900 und 1904 in Trier, so dass anzunehmen ist, dass Getrud Schloß nur wenige Erinnerungen an sie besessen hat. Aus der großelterlichen Ehe entstammten vier Kinder: Jakob (23. Januar 1865), Leo (12. Januar 1866, verstorben am 24. Mai 1892), Emilie (13. März 1867 in Trier) und Helene (29. September 1870 in Trier). Die beiden ersten Kinder wurden in Luxemburg geboren, vermutlich aufgrund der Familienbeziehungen zu Onkel Hermann Oppenheim, der spätestens ab 1858 eine Firma mit Namen »Oppenheimer und Schloß« in Luxemburg betrieb.

Der älteste Sohn Jakob, Gertruds Vater, heiratete Frieda Katz aus Mollenfelde bei Göttingen (geb. 19. März 1872). Als erstes Kind wurde am 18.01.1899 Lea Gertrud Schloß geboren (Geburtsurkunde 84/1899)[6], ihr kleinerer Bruder Heinrich wird drei Jahre später am 15. Februar 1902 geboren (Geburtsurkunde 1220/1902).

Das folgende Tableau, das Monika Metzler zusammengestellt hat, gibt eine Übersicht über die Familien von Gertrud Schloß:

Heinrich Schloß		vh 1864 Caroline Blum, Tochter v. Leon Blum u. Johanette Kaufmann, Schwester z. Fanny	
*1832 in Simmern, vst 05.02.1900 (Grab?)		*26.02.1836 Voderweidenthal	vst 18.02.1904 Grab 204 Weideg.
Jakob	Leo	Emilie (Cousine zu Eugen Moritz Salomon)	Helene
*23.01.1865	*12.01.1866	*13.03.1867	*29.09.1870
Luxemburg	Luxemburg	Trier	Trier
vst 06.11.1924	vst 24.05.1892	vst 05.11.1934	vst 07.03.1917
Trier (Grab Trier Hauptfrh)	Trier (Grab 152 Weidegasse)	Trier	(Grab 283 Weidegasse)
vh 1897		vh 1891	vh
Frieda Katz		Eugen Moritz Salomon (Cousin zu Emilie Schloß)	August Hugo Bender
*19.03.1872		*17.05.1859	*25.06.1867
Mollenfelde		Bingen S v Simon Salomon u. Fanny Blum	Hatzenport
vst 19.09.1942 Treblinka		Fanny *01.03.1830 Vorderweidenthal	vst 24.09.1905
		vst 11.01.1927	Kyllburg (Grab 224 Weidegasse)
Kinder:		Trier	
1) Lea Gertrud Schloß		1) Leonie Johannetta	1) Else Martha Bender
*18.01.1899		*03.10.1892	*18.07.1896
Trier		Trier	Trier
16.10.1941 von Walferdange/L deportiert		14.01.1943 Auschwitz	
in Chelmno ermordet		vh Max van Leeuwen	
		*29.04.1856	
2) Heinrich Schloß		Eindhoven NL	
*15.12.1902		21.05.1943 Sobibor	
Trier		2) Ernst Simon Salomon	
16.10.1941 von Walferdange/L deportiert		*03.10.1894	
in Chelmno ermordet		Trier	
		18.02.1943, Auschwitz	
		3) Leo Gustav Salomon	
		*03.10.1894	
		Trier	
		vst 10.10.1942 Wolfenbüttel (Haft)	
		4) Friedrich Paul Salomon	
		*14.01.1898	
		Trier	
		vst 14.12. 1936 Berlin	
		vh Anna Ernestine Olga Lange (evang.)	
		zu1) a) Lieselotte *1918 Stuttgart	
		b) Hans *1919 Worms	
		zu 4) a) Eugen *1930 Berlin	
		b) René *1933 Berlin	
Grabfoto J. Schloss, Trier vergisst nicht	s Buch: A.Haller/Weidegasse	s Biografie J. Wenke	s Buch A.Haller/Weidegasse
AdrBücher Trier (Saarstr. 12/13, später 31/33)		Lothar Wagner, Daten Vorderweidenthal	

Auch in dieser Generation wurde das enge Band zwischen den Familien Schloß und Salomon weiter geknüpft. Eugen Moritz Salomon, der Sohn von Fanny Blum, ist mit Gertruds Tante Emilie Schloß verheiratet. Sie hatten vier Kinder: Leonie Johannetta (3. Oktober 1892 in Trier, gest. am 14. Januar 1943 in Auschwitz); Ernst Simon und Leo Gustav (beide am 3. Oktober 1894 in Trier geboren)[7] und Friedrich Paul (geb. am 14. Januar 1898 Trier). Salomons hatten ein Haus in der Saarstraße Nr. 2, später 3. Der Vater war Mitgesellschafter in der gemeinsamen Konfektionsfabrik. Familie Schloß bewohnte ein Haus in der Saarstraße 12/13, später 31/33. Es ist anzunehmen, dass die beiden Familien mit gleichem Urgroßvater viel Zeit miteinander verbrachten, auch gerade weil die Kinder ungefähr ein Alter hatten und Familie Schloß nur wenige Häuser entfernt von Famlie Salomon wohnte.

Gertruds Vater verstarb 60jährig am 6. oder 7. November 1924 in Trier. Das stattliche Familiengrab auf dem Hauptfriedhof Trier birgt nur ihn.

Familiengrab[8]

Nach dem Tod des Vaters übernahmen die gemeinsame Firma Jakob Schloß und Söhne zur Hälfte die Erbengemeinschaft Frieda Schloß geb. Katz, Dr. Gertrud Schloß sowie Heinrich Schloß. Die andere Hälfte erbte die Witwe von Eugen Moritz Salomon, Gertruds Tante Emilie geb. Schloß. 1936 wurde die Firma an die Gebr. Joseph Salomon (»Deutsch christliches Geschäft«) zwangsveräußert. In welcher Form die Familie Schloß dem Verkauf zustimmte, welche Kosten sie für das Verfahren zu tragen hatte, wie viele Geldmittel ihr nach dem Verkauf tatsächlich zur Verfügung standen, ist nicht bekannt.[9]

3. Kindheit und Jugend in Trier

Gertrud Schloß wird eine behütete Kindheit in Trier verbracht haben. Sie wird mit ihren fünf Jahre älteren Cousins Leo und Ernst Salomon und ihrem drei Jahre jüngeren Bruder Heinrich gemeinsam gespielt haben. Sie wird eine musisch-literarische Bildung genossen haben. Sie lernte Klavier spielen, sprach mehrere Sprachen, darunter Latein und Französisch sowie Englisch. Sie besuchte die konfessionslose Auguste-Viktoria-Schule[10], die sie am 13. Februar 1920 mit dem Reifezeugnis verließ.

Als Gertrud Schloß im Alter von 6 Jahren die Schule das erste Mal betrat, hieß diese noch »Königlich höhere Mädchenschule«. Sie wurde ab 1908 stark ausgebaut und bot für Mädchen von 6-16 Jahren ein Lyzeum mit Doppelklassen, ein Oberlyzeum mit einer Frauenschule, in welchem den künftigen Hausfrauen und Müttern die nötige Vorbildung gegeben wurde, und ein Seminar für zukünftige Lehrerinnen. Ebenfalls eingerichtet wurde eine Studienanstalt in Form eines Realgymnasiums, die auf der Obertertia aufbaute und die Hochschulreife vermittelte.[11] Im Jahr 1913 änderte die konfessionslose Schule ihren Namen in »Auguste-Viktoria-Schule«.

In Gertruds Kindheit fällt eine Phase großen wirtschaftlichen Aufschwungs in Trier. Sie wird die Euphorie, die viele Unternehmer nach der Jahrhundertwende erfasst hatte, und die mit den neuen Absatzmöglichkeiten nach dem Deutsch-Französischen Krieg 1870/71 ins benachbarte Lothringen und ins Elsaß zusammenhängt, hautnah miterlebt haben. Vater Jakob wird häufig im Geschäft tätig gewesen sein. Sie wird intensiven Austausch zu den Verwandten in Luxemburg gehabt haben. Die Eltern werden sie ermuntert haben, als höhere Mädchenschule das konfessionslose Realgymnasium zu besuchen, in welchem statt Altgriechisch die fürs Geschäft wichtigere Sprache Französisch gelehrt wurde. Noch im Frühsommer 1914 wird die 15-Jährige an den Fortschritt geglaubt haben, den auch Oberbürgermeister Albert von Bruchhausen in seiner jährlichen Ansprache vor der Stadtverordnetenversammlung am 14. Januar 1914 postuliert hatte: »Alles in allem genommen war das Jahr 1913 für unsere Stadt ein Jahr reicher Arbeit, aber auch sichtbaren Fortschritts; es berechtigt uns zu der Hoffnung, daß sich die Gesamtverhältnisse unserer Stadt weiterhin günstig entwickeln werden.«[12]

Doch es kam anders. Am 1. August 1914 wurde im Bezirk des VIII. Armeekorps, das in Trier stationiert war, der Kriegszustand erklärt.[13] Es folgte die Einschränkung der Pressefreiheit, das Verbot jeglichen Verkehrs über die belgische und luxemburgische Grenze mit Kraftwagen, Fahrrädern und Selbstfahrern, Telegraphen und Brieftauben. Alle Brücken wurden für den Verkehr gesperrt. Die Schifffahrt wurde bei Dunkelheit und Nebel eingestellt, Post durfte nur noch geöffnet verschickt werden.

Der Kriegsausbruch wird eines der einschneidenden Erlebnisse für Gertrud Schloß gewesen sein. Die Mobilmachung der 6.000 in der Stadt Trier ansässigen Soldaten wird Chaos und Spektakel in einem gewesen sein.[14] In der Familie wird der Kriegsausbruch mit gemischten Gefühlen aufgenommen worden sein. Die Einschränkungen beim Warenverkehr, der Zusammenbruch der Friedenswirtschaft und damit der wegfallende Bedarf an Herrenanzügen wird im väterlichen Geschäft zu einer hektischen Restrukturierung der Produktion geführt haben. Gertrud Schloß wird wie alle Schüler und

Schülerinnen im Grenzland verlängerte Sommerferien gehabt haben, da die Schulen zur Unterbringung der Soldaten und als Warenlager zweckentfremdet wurden. Die bei der Ernte nun fehlenden jungen Männer wurden durch Schüler ersetzt. Die Schülerinnen wurden angehalten, in Nähkursen Kleidung zu fertigen oder alte Kleidung auszubessern, sie strickten für die Front und packten sogenannte »Liebesgaben« für die Soldaten an der Front.[15]

Die schnell steigende Anzahl an verletzten und verwundeten Soldaten ab September 1914 stellte die Garnisonsstadt Trier vor logistische Herausforderungen.[16] Die Modernisierung der Kriegs- und Waffentechnik, insbesondere durch den Einsatz von Giftgas ab Sommer 1915, führte zu Verletztenzahlen, die sich bis dahin niemand vorstellen konnte. Die Invaliden mussten mithilfe städtischer Fürsorge unterstützt werden, was der Stadt Trier erhebliche Belastungen brachte. Für die Pflege von Verletzten wurde Schulraum benötigt, so dass von einem normalen Unterricht seit Kriegsbeginn eigentlich nicht mehr die Rede sein konnte, nicht zuletzt, weil zahlreiche männliche Lehrer eingezogen worden waren. Auch die vielen französischen Kriegsgefangenen mussten untergebracht werden.

Die sogenannte Augustkatastrophe hatte im direkten Grenzgebiet besondere Auswirkungen. Die Stadt reagierte auf den Kriegszustand und die veränderten Anforderungen und baute eine kriegswirtschaftliche Abteilung auf. Diese kümmerte sich um die Lebensmittelversorgung der Bevölkerung, die bereits seit Januar 1915 rationiert wurde. Sie organisierte die Unterstützung von Familien, in welchen der Ernährer zum Kriegsdienst eingezogen worden und gegebenenfalls gefallen war, und um die Fürsorge von Kriegsbeschädigten. Sie richtete eine Bekleidungsstelle ein und versorgte die besonders notleidende Bevölkerung mit Heizmitteln.

Ab Januar 1915 wurde über die Brotgetreideverordnung Mehl zwangsbewirtschaftet. Die Einführung der »Brotkarte« stellte die Stadt vor große Probleme. Insbesondere konnten gravierende Engpässe bei der Versorgung im sehr kalten Winter 1916/17 nicht durch Rationierungen aufgefangen werden. Bäckereien fehlte Kohle zum Anheizen der Öfen, aber auch in den Schulen blieb es kalt. Die ärmste Bevölkerung verhungerte und erfror. Die Stadt litt stärker als das Land unter der Lebensmittelknappheit. So unterhielt die Stadt eine eigene Schafherde zur Fleisch-, Milch- und Butterversorgung. Allerdings konnten rund 50.000 Einwohner und Einwohnerinnen nicht mit einer Herde Schafe versorgt werden. Ab 1916 fehlten Kartoffeln – bedingt durch Ernteausfälle –, so dass 1917 sieben Wochen lang keine Kartoffeln ausgegeben werden konnten. In den städtisch eingerichteten Versorgungsküchen wurden 1917 täglich 2251 Mittagessen ausgegeben. Die Kosten hierfür trug die Stadt, indem sie Kredite aufnahm.

Gertrud Schloß beschreibt im Gedicht »Die Straße der Armut«[17] die Mangelversorgung und das Verlassensein der armen Menschen, die auch in Trier zum Stadtbild gehörten. Ihre ersten Erfahrungen mit Armut wird sie während des 1. Weltkriegs gesammelt haben. Sie wird in den Lazaretten verletzte und verwundete Soldaten kennengelernt haben, denn die Schülerinnen der höheren Mädchenschulen hatten die Aufgabe, in den Lazaretten Pakete zu verteilen und Theater zu spielen.[18]

Armut durch Krieg und Mangel ist ein Thema, das Gertrud Schloß in ihrer späteren politischen Arbeit als Pazifistin und in ihrer literarischen Auseinandersetzung nicht loslässt. Der Erste Weltkrieg in Trier war für sie in dieser Hinsicht prägend.

Die Bevölkerung im Grenzland stand unter besonderer Beobachtung aufgrund von möglichen häufigeren Feindkontakten und einer unterstellten höheren Spionagetätigkeit.[19] Die gesamte Infrastruktur, insbesondere die Verkehrs- und Kommunikationswege, wurde unter militärische Kontrolle gestellt. Für Trier bedeutete dies, dass der Verkehr auf der Römerbrücke, Kaiser-Wilhelmbrücke und der Eisenbahnunterführung Trier-West nur nach Anordnung und unter Begleitung von Wachmannschaften erfolgen durfte. Fahrzeugführer mussten aussteigen, das Gepäck wurde durchsucht. Für unternehmerische Aktivitäten und den Handel waren diese Einschränkungen gravierend. Die familiären Kontakte nach Luxemburg waren nicht mehr so einfach aufrechtzuerhalten.

Außerdem waren die Trierer durch den bereits im Ersten Weltkrieg einsetzenden Luftkrieg betroffen. Im September 1915 wurde die

Liebfrauenkirche getroffen. In den späteren Kriegsjahren kamen Zerstörungen an der Liebfrauenkirche, am Provinzialmuseum und am Hauptbahnhof hinzu. Insgesamt wurden 29 Todesopfer aufgrund von Fliegerangriffen gezählt.[20] Auch Getrud Schloß hat die Fliegerangriffe miterlebt.

Mit Kriegsende kamen Flüchtlinge, sogenannte »Auslandsdeutsche« oder »Reichsdeutsche«, aus dem Elsaß und aus Lothringen nach Trier. Die Stadtverwaltung richtete ein Büro für »Flüchtlingsfürsorge« am Hauptbahnhof ein, das eine Erstversorgung der Flüchtlinge gewährleistete. Das Büro wurde 1923 aufgelöst. Wiederum wurden 57 Schulsäle der Stadt zur Unterbringung genutzt. Es fand sogenannter »Dritteltagsunterricht« statt.[21]

Die Stadtverwaltung zählte 1091 Gefallene aus Trier im Ersten Weltkrieg.[22] Die Anzahl an Invaliden und Kriegsversehrten, die dauerhaft zu versorgen waren, wurde nicht ermittelt. Während der vier Kriegsjahre schrumpfte die Trierer Bevölkerung. Die Sterberate stieg von 808 Personen im Jahr 1913 auf 1180 Personen im Jahr 1918 an, die Anzahl an Geburten sank im selben Zeitraum von 1305 auf 789. Die Ursache für diese Entwicklung sieht Rudolf Müller in einer hohen Säuglings- sowie in einer hohen Tuberkulosesterblichkeit aufgrund der Mangelernährung sowie schwierigen sanitären Verhältnissen, allerdings fehlen hierfür Nachweise.

Gertrud Schloß wird direkt mit den Folgen des Krieges konfrontiert, mit dem Elend, das der Krieg über Menschen brachte, der Leben zerstörte, Lebenswege für immer verwarf und der das Individuum zu einer anonymen Zahl machte. Sie wurde Pazifistin und beendete unter diesem Eindruck am 13. Februar 1920 ihre Schulzeit in Trier mit dem Abitur.

4. Studium in Würzburg, Frankfurt und Heidelberg

Gertrud Schloß studierte Nationalökonomie drei Semester lang an der Universität zu Würzburg, ein Semester an der Goethe-Universität Frankfurt und beendete ihr Studium in Heidelberg an der Ruprecht-Karls-Universität. Hier war sie seit dem 25. April 1922 eingeschrieben[23] und besuchte in drei Semestern die nötigen Vorlesun-

Immatrikulationsbescheinigung

gen, Seminare und Übungen, um sich am 7. Juli 1923 vorzeitig zur Doktorprüfung anzumelden. Die Doktorarbeit wurde im November 1923 vorgelegt und von Prof. Dr. Gerhard Anschütz und anderen Professoren abgenommen, so dass Gertrud Schloß als »Fräulein Doktor« Ende 1923 die Universität verließ.

Im Universitätsarchiv der Universität Heidelberg konnten die Beleglisten von Gertrud Schloß wiedergefunden werden. Mit diesen lässt sich nachvollziehen, welche Vorlesungen sie besuchte, welche Seminare und Übungen sie zur Vertiefung des Wissens belegte und wie teuer ihr Studium pro Semester und insgesamt war.

Sie belegte im Sommersemester 1922 folgende Kurse:

Professor	Kurstitel	Vorlesungskosten
Prof. A. Kirchenheim	Völkerrecht	40 M
Prof. Thoma	Allgemeine Staatslehre und Politik	40 M
Prof. Emil Lederer	Grundzüge der Geld- und Kredittheorie	20 M
Prof. Emil Lederer	Wirtschaftskrisen	10 M
Prof. Emil Lederer	Volkswirtschaftliche Übungen für Fortgeschrittene	20 M
Prof. Gerhard Anschütz/Prof. Thoma	Seminar für öffentliches Recht und Verfassungspolitik	frei
Prof. Dochow (?)	Tagesfragen aus dem Wirtschaftsteil der Zeitungen	10 M
Prof. Hermann Oncken	Die Schuldfragen des Weltkriegs	10 M
	Gesamt:	150 M

Im Wintersemester 1922/23 hörte Gertrud Schloß folgende Vorlesungen und besuchte folgende Seminare:

Professor	Kurstitel	Vorlesungskosten
Prof. Altmann	Geld und Kredit als Einleitung in das Bankwesen	60 M
Prof. Altmann	Volkswirtschaftliche Übungen	100 M
Prof. Lederer	Geschichte und Theorie der sozialen Bewegung	60 M
Prof. Lederer	Handels- und Kolonialpolitik	60 M
Prof. Dresel (?)	Soziale Hygiene	60 M
Prof. Weber	Soziologische Übungen	60 M
Prof. Rickert	Übungen zur Methodenlehre der Geschichte und Biologie mit besonderer Rücksicht auf die Behandlung der Wissenschaftslehre von Max Weber	60 M
Prof. Rickert	Von Kant bis Nietzsche Historische Einführung in die Probleme der Gegenwart	120 M
	Gesamt:	580 M

Im Sommersemester 1923 dann studierte Gertrud Schloß bei:

Professor	Kurstitel	Kursgebühren
Prof. Weber	Allgemeine Volkswirtschaftslehre	1000 M
Prof. Weber	Die Krisis des modernen Staatsgedankens	frei
Prof. Weber	Volkswirtschaftliche und soziologische Übungen	600 M
Prof. Gotheim	Spezielle Volkswirtschaftslehre – Agrar- Gewerbe-, Handels- und Verkehrspolitik	1000 M
Prof. Gotheim	Volkswirtschaftliches Seminar	400 M
Prof. Anschütz	Deutsches Reichs- und Landesstaatsrecht mit besonderer Berücksichtigung Preußens und Badens	1000 M
	Gesamt:	4000 M

Gertrud Schloß besuchte in erster Linie Kurse und Seminare, die das aktuelle Zeitgeschehen, die aktuelle weltpolitische und weltwirtschaftliche Situation in den Blick nahmen. Im Sommersemester 1923 hörte sie die Vorlesungen bei dem berühmten Heidelberger Soziologen Alfred Weber. Womöglich hat sie Bekanntschaft mit dem später berühmt gewordenen Soziologen und Philosophen Erich Fromm gemacht, der zur selben Zeit in Heidelberg studierte. Allerdings waren die beiden, obwohl jüdischen Glaubens, vermutlich in unterschiedlichen Welten unterwegs. Der gebürtige Frankfurter Erich Fromm galt zu seiner Studienzeit als streng religiös, er nahm Talmud-Unterricht und in den soziologischen Vorlesungen interessierten ihn vor allem jüdische Themen. Die Triererin Gertrud Schloß hingegen vertiefte in ihrem Studium das Wissen über wirtschaftlich-politische Zusammenhänge, und die Kenntnisse über den Bolschewismus. Religion scheint sie nicht interessiert zu haben, was darauf schließen lässt, dass in ihrem Elternhaus bereits eine eher liberale Religiosität gelebt wurde.

In jedem Semester mussten neben den Vorlesungshonoraren zusätzliche Semestergebühren entrichtet werden.

In den Jahren 1922/23 stiegen die Gebühren für diese Grund- und Verwaltungsleistungen aufgrund der Hyperinflation deutlich an.

	WS 19/20	SoSe 1920	WS 20/21	SoSe 1921	WS 21/22	SoSe 1922	WS 22/23	SoSe 1923
Auditoriengeld	10 M	10 M	10 M	10 M	20 M	80 M	200 M	2000 M
Seminargebühr	5 M	5 M	5 M	20 M	20 M	20 M	50 M	200 M
Institutsgebühr	-	-	-	-	-	-	20 M	570 M
Bibliotheksgebühr	3 M	3 M	10 M	10 M	20 M	30 M	50 M	200 M
Akademische Lesehalle	-	-	2 M	2 M	5 M	5 M	20 M	100 M
Akademischer Krankenverein	3 M	3 M	8 M	8 M	8 M	30 M	30 M	200 M
Unfallversicherungsprämie	75 Pfg.	75 Pfg.	75 Pfg.	1 M	1 M	1 M	1,10 M	15 M
Beitrag für Ausschuss der Studentenschaft	2 M	2 M	5 M	5 M	10 M	12 M	20 M	200 M
Beitrag für zu gründende Mensa academica	3 M	3 M	3 M	3 M	ab WS 21/22 gegr. 3 M	4 M	30 M	500 M
Turn- und Sportamt	-	-	-	3 M	3 M	12 M	20 M	500 M

Für Gertrud Schloß bedeutete dies eine Steigerung der Universitätsgebühren in anderthalb Jahren von zunächst 346 Mark im Sommersemester 1922, über Ausgaben von 1011,10 Mark im Wintersemester 1922/23 bis hin zu 8425 Mark Gebühren für das Sommersemester 1923. Zum Vergleich ist es sinnvoll zu bemerken, dass eine Textil-Facharbeiterin im Jahr 1936, also bereits nach Einführung der Rentenmark und in einer Phase des wirtschaftlichen Aufschwungs, etwas mehr als 20 RM in der Woche (Tariflohn brutto), eine Hilfsarbeiterin nur rund 15 RM und eine gelernte Friseuse bis zu 40 RM verdiente.[24]

Gertrud Schloß zählte zu den reichen jungen Frauen, die sich das Studium aufgrund der unternehmerischen Aktivitäten der Familie leisten konnten. Der Vater ließ in seiner Fabrik Herrenkonfektionen, d. h. Herrenanzüge fertigen. Diese kosteten in den 1920er Jahren von 10 M bis 75 M pro Anzug[25] und waren demnach für viele Menschen eine Anschaffung fürs Leben. Dennoch kämpfte Gertrud Schloß auf politischer Bühne für »die klassenlose Gesellschaft«, die bis 1958 zur Zielvorstellung der Sozialdemokratischen Partei gehörte, der Gertrud Schloß bereits im Jugendalter beigetreten sein musste.[26]

Für ihre Studienzeit in Heidelberg bergen Gertrud Schloß' Romane Hinweise auf Lieblingsorte und Aktivitäten. In ihrem Roman »Aufruhr um Lilly« von 1935 beschreibt sie ihre Studienstadt Heidelberg. Ein Geliebter der Protagonistin Lilly, der Schriftsteller Sascha Rumbold, ist in Heidelberg geboren und besitzt dort ein Haus. Sascha Rumbold denkt, während er im Roman die Hauptstraße der Stadt am Neckar entlang schlendert, Folgendes:

»Nein, es hatte sich nichts verändert in den vielen Jahren, seit er nicht mehr hier war, hatte sich gar nichts geändert. Da war dieselbe Unruhe, da war die schöne Buntheit einer alten, romantischen Stadt, die doch nicht zu altern schien. Auf dem Ludwigsplatz vor der Universität war es ein wenig still. Die Studenten fehlten. Sie hatten Ferien. Weiter unten vor dem ›Ritter‹ blieb er stehen. Da hatten sie nächtelang gezecht, in dem schönen, rauchgeschwärzten alten Lokal. Da war die Jugend. Er lächelte und ging hinein, bestellte sich ein Glas

Wein, das er auf einen Zug leerte. Ein paar ältliche Professoren saßen an breiten Holztischen und sahen Sascha Rumbold verwundert an. Am Karlstor bog er in den schmalen Höhenweg zum Schloß ein. Es war ein schöner, klarer Wintertag. (...) Er liebte diese Stadt. Er liebte die Hügel und Berge, die zu beiden Seiten des Flußes anstiegen. Er liebte die Ruine, er liebte die Wälder, die sich über der Ruine wölbten. Die Stadt gab Kraft. Nicht nur träumen konnte man hier, nicht nur sich ausruhen. Diese Stadt machte jung und frisch.«[27]

Sascha Rumbold besitzt ein Haus in der »Ziegelhäuserlandstraße« auf der anderen Seite des Neckarufers. Wenn er das Haus betritt, achtet er wenig auf Konventionen, lässt Mantel und Hut achtlos liegen, grüßt seinen Diener nicht und steuert auf das Klavier zu, das im großen Saal steht, wo sich auch das Telefon befindet. Er spielt fast manisch am Klavier, er komponiert, er vergisst die Zeit um sich herum, vergisst zu essen. Er hört erst auf, als die Komposition fertig ist. Dann telefoniert er mit Freunden, die er bittet, zu ihm zu kommen, um seine Komposition zu begutachten.

In dieser Passage des Romans gelingt Gertrud Schloß eine für einen Trivialroman sehr dichte Beschreibung der Schaffenslust der Figur Sascha Rumbold, was die Vermutung nahelegt, dass sich die Autorin in dieser Figur ein Alter Ego geschaffen haben könnte. Es steht zu vermuten, dass Gertrud Schloß aufgrund ihrer großbürgerlichen, unternehmerischen Herkunft gewohnt war, in literarisch-künstlerischen Kreisen zu verkehren. Sie hat Klavier spielen gelernt, sie wird auch Zugang zu noch jungen und wenig verbreiteten technologischen Errungenschaften gehabt haben.

Eine weitere Besonderheit dieser Figur Sascha Rumbold ist seine Profession, die eigentlich die eines Theaterautors und Schriftstellers ist. Er hat Kontakt zu den wichtigen Theaterleuten in Berlin, in Mannheim etc., die auch Gertrud Schloß bekannt gewesen sein müssen. Außerdem ist er der Auserwählte für die titelgebende Hauptfigur Lilly, einer kleinen, zierlichen und drahtigen Frau, die sehr gern schnelle Autos fährt und von Beruf Schauspielerin ist.

5. Die Beschäftigung mit dem Kommunismus

Gertrud Schloß schreibt von Juli bis November 1923 eine Arbeit, die unter der Archivnummer 1923, 927 als Inauguraldissertation mit dem Titel »Der Staat in der bolschewistischen Theorie und Praxis. Ein Beitrag zum Problem der staatlichen Organisationsform des Bolschewismus.«[28] zur Erlangung der Doktorwürde der Hohen Philosophischen Fakultät der Ruprecht-Karls-Universität Heidelberg in der Universitätsbibliothek Heidelberg verzeichnet ist.

Die Arbeit[29] selbst umfasst 87 Seiten plus sieben Seiten Literaturverzeichnis, das 31 Titel umfasst, darunter drei Titel von Leo Trotzki, zwei Titel von Karl Marx (das Kommunistische Manifest und der Bürgerkrieg in Frankreich), die Schrift von Rosa Luxemburg zur russischen Revolution, fünf Schriften von Lenin, eine Schrift von Karl Kautski und zwei Werke von Bucharin. Ergänzt werden diese ideologischen Schriften von vier Auseinandersetzungen des außenpolitischen Chefstrategen der bolschewistischen Partei Karl Radek. Gertrud Schloß wies in ihrer Einleitung darauf hin, dass kritische Arbeiten zur Problemstellung noch nicht vorhanden waren.

Die Dissertation ist in zwei Teile gegliedert. Im ersten Teil behandelt Gertrud Schloß die »Staatstheorie des Bolschewismus« und untersucht im zweiten Teil die »staatliche Praxis des Bolschewismus«. In der Einleitung grenzt sie das Staatswesen als solches ab, und hier insbesondere den »bürgerlichen Staat«, den sie mit »Klassenkampf, dem politischen Beamtentum, der Bürokratie, der scheinbaren Demokratie und dem Parlamentarismus« charakterisiert.

Im ersten Abschnitt eruiert sie »das Wesen des proletarischen Staates« in der »Übergangsphase des Kapitalismus zum Sozialismus, der Diktatur des Proletariats«. Sie untersucht die Entstehung des proletarischen Staates, der ihrer Meinung nach »durch einen revolutionären Akt bewaffneter Arbeiter, dem Vortrupp des Proletariats« entsteht. In seinen Funktionen unterscheidet sie Wirkungen negativer Art, wie die »Unterdrückung der Bourgeoisie« und die »Zerstörung der bürgerlichen Staatsmaschine und die Aufhebung des politischen

Beamtentums« sowie positive Wirkungen wie den »Aufbau einer Organisation der Staatsgewalt« nach dem Vorbild der Pariser Kommune. Im zweiten Abschnitt des ersten Teils befasst sie sich mit dem »Absterben des Staates«.

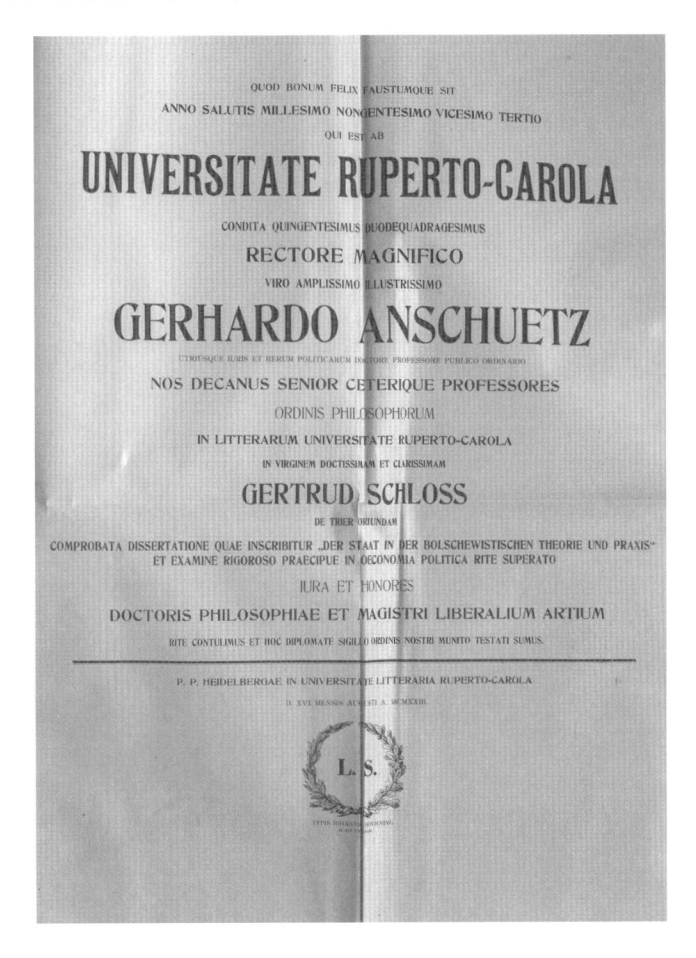

> QUOD BONUM FELIX FAUSTUMQUE SIT
> ANNO SALUTIS MILLESIMO NONGENTESIMO VICESIMO TERTIO
> QUI EST AB
>
> # UNIVERSITATE RUPERTO-CAROLA
>
> CONDITA QUINGENTESIMUS DUODEQUADRAGESIMUS
>
> RECTORE MAGNIFICO
>
> VIRO AMPLISSIMO ILLUSTRISSIMO
>
> # GERHARDO ANSCHUETZ
>
> UTRIUSQUE IURIS ET RERUM POLITICARUM DOCTORE PROFESSORE PUBLICO ORDINARIO
>
> NOS DECANUS SENIOR CETERIQUE PROFESSORES
>
> ORDINIS PHILOSOPHORUM
>
> IN LITTERARUM UNIVERSITATE RUPERTO-CAROLA
>
> IN VIRGINEM DOCTISSIMAM ET CLARISSIMAM
>
> # GERTRUD SCHLOSS
>
> DE TRIER ORIUNDAM
>
> COMPROBATA DISSERTATIONE QUAE INSCRIBITUR „DER STAAT IN DER BOLSCHEWISTISCHEN THEORIE UND PRAXIS"
> ET EXAMINE RIGOROSO PRAECIPUE IN OECONOMIA POLITICA RITE SUPERATO
>
> IURA ET HONORES
>
> DOCTORIS PHILOSOPHIAE ET MAGISTRI LIBERALIUM ARTIUM
>
> RITE CONTULIMUS ET HOC DIPLOMATE SIGILLO ORDINIS NOSTRI MUNITO TESTATI SUMUS.
>
> P. P. HEIDELBERGAE IN UNIVERSITATE LITTERARIA RUPERTO-CAROLA
>
> D. XVI MENSIS AUGUSTI A. MCMXXIII
>
> L. S.

Doktorurkunde

Der zweite Teil untersucht die staatliche Praxis des Bolschewismus, beginnend bei einer Betrachtung der »verfassungsmäßigen Grundstruktur Sowjetrusslands« mit seinen Verfassungsorganen »Sowjets, allrussischer Kongress, allrussisches Zentral-Exekutivkomitee und Rat der Volkskommissare«. Im vierten Abschnitt befasst sich Schloß mit dem »Organisationsproblem der staatlichen Verwaltung«, ausgehend von allgemeinen Problemen, dem Problem der Zentralisation und Dezentralisation, wobei sie hierunter auch das Kollegial- und das Personalsystem sowie Diktatur und Diktator versteht. In einem Unterkapitel erörtert sie das Problem der »Technischen Intelligenz« und der Bürokratie, die sogenannte »Sowjetbourgeoisie«, um im letzten Abschnitt das Problem der Staatskontrolle durch die »Arbeiter- und Bauerninspektion« zu klären. Im Schlusskapitel erörtert sie die Bedeutung der »kommunistischen Partei im bolschewistischen Staate«.

Im Vorwort formuliert Schloß die Zielsetzung der Arbeit: »In folgenden Darlegungen soll der Versuch gemacht werden, den Widerspruch aufzuzeigen, der zwischen der Staatstheorie des Bolschewismus und der konkreten Gestaltung des Sowjetstaates besteht. Dabei muss von vornherein erklärt werden, dass es nicht der Zweck dieser Ausführungen ist, irgendein Werturteil über das staatliche System des Bolschewismus zu fällen. Es kommt lediglich darauf an, vom Standpunkt der bolschewistischen Theorie zu prüfen, inwieweit die staatliche Praxis von den Forderungen der Theorie abweicht.«[30]

Gertrud Schloß macht darauf aufmerksam, dass der bolschewistische Staat ein noch stark in Veränderung begriffener Organismus ist, und ihre Quellenlage fast ausschließlich auf Schriften der Bolschewisten selbst beruht mit dem entsprechenden Manko an Subjektivität.

In der Einleitung formuliert Schloß den Untersuchungsgegenstand unter Einbeziehung der Schriften Lenins, nach welchen der Staat als Instrument zur Aufrechterhaltung der Klassengegensätze verstanden wird. Die »herrschende Klasse« nutze dieses Instrument zur Unterdrückung des Proletariats. Der Staat in der vollkommenen Demokratie ist nach Auffassung der Bolschewisten ein noch zu schaffender und damit »die gedankliche Vorwegnahme einer klassenlosen Gesellschaft«. Diese klassenlose Gesellschaft sehen die Bolsche-

wisten in der »sozialen Demokratie durch die Gleichheit aller Gesellschaftsglieder verwirklicht, wenn alle Vorrechte auf ökonomischer Seite fallen«.[31]
Gertrud Schloß hat ihre Dissertation einer Marta Bamberger gewidmet, über die bisher nichts bekannt ist. In welcher Beziehung die beiden Frauen zueinander standen, konnte nicht ermittelt werden. Der Name Marta Bamberger taucht im weiteren Lebensverlauf der Triererin nicht wieder auf.

6. Politische Arbeit für Frieden und Freiheit

Gertrud Schloß war Mitglied in der Internationalen Frauenliga für Frieden und Freiheit, deren Vorsitz sie auch zeitweise in Trier innehatte. In dieser Funktion nahm die Sozialdemokratin im Oktober 1924 am 23. Weltfriedenskongress in Berlin teil und verarbeitete ihre Eindrücke der Konferenz anschließend in einem Artikel für die Sozialistischen Monatshefte Nr. 31 im Jahr 1925[32]. Unter der Überschrift »Pazifistische und sozialistische Politik« legte sie dar, dass der »subjektive Pazifismus« den »Weltfrieden« ebenso zum Ziel habe wie der Sozialismus den Weltfrieden in der »klassenlosen Gesellschaft«. Zunächst bescheinigte sie dem Pazifismus »in den letzten Jahren immer wieder (…) gegen Beschlüsse und Maßnahmen der Politik der einzelnen Staaten, die Kriegsursachen bilden können«, Stellung bezogen zu haben. »Man hat auch in den Kommissionen des letzten Friedenskongresses eine Reihe von Resolutionen gefasst, vielfach an den Völkerbund und das Internationale Arbeitsamt gerichtet, in denen man militärische und moralische Abrüstung, obligatorische Einführung der Schiedsgerichtsbarkeit, Verbot privater Munitionsherstellung, Achtstundentag, Studium internationaler Regelung für die Sanierung notleidender Staaten, engeres wirtschaftliches Zusammenarbeiten der Völker forderte.« Diese Positionen sah sie im Einklang mit sozialistischen Forderungen. Ein Problem des subjektiven Pazifismus liege in der Tatsache, dass er zwei Strömungen umfasse: Die der Völkerbundanhänger und die der Kontinentaleuropäer.

Am 24. Mai 1924 veröffentlichte Gertrud Schloß ihre europapolitischen Vorstellungen in einem ersten Artikel für die Trierer Volkswacht unter dem Titel »Europäische Möglichkeiten«. Sie fordert ein Europa von Spanien bis zum Ural.[33] Damit lässt sie sich zu den Anhängerinnen einer kontinentaleuropäischen Lösung für internationale Konflikte zählen.

Dem Völkerbund als Vorläufer der Vereinten Nationen wurde vor allem aus Deutschland kaum Lösungskompetenz auf internationalem Parkett zugetraut. Dies hing auch mit der Tatsache zusammen, dass das Deutsche Reich als Verlierer des 1. Weltkriegs erst 1927 vollwertiges Mitglied dieses Gremiums der internationalen Politik wurde.[34]

Gertrud Schloß ist sicher, dass es unter den Voraussetzungen einer inneren Spaltung der Liga in dieser Frage schwer würde, nachhaltig Friedenspolitik zu beeinflussen. Denn »es kommt nicht immer auf die zahlenmäßige Stärke einer politischen Organisation an, aber desto mehr auf die Stärke, mit der eine politische Auffassung vertreten wird. Je geschlossener, je einheitlicher eine politische Willensbildung erfolgt, umso größer wird ihr Einfluss sein.« Sie schlussfolgerte, dass »vom Standpunkt politischer Realität aus der organisierte Pazifismus noch nicht die politische Macht besitzen kann, die notwendig wäre, um die Weltpolitik in seinem Sinne entscheidend zu beeinflussen.«

In der Zielsetzung, den Weltfrieden herzustellen, besteht Einigkeit zwischen Pazifismus und Sozialismus. »Die scharfe gedankliche Scheidung« entstehe über das »Wie der Erreichung des Ziels«. Gertrud Schloß unterstellte dem Pazifismus, daran zu glauben, dass der Weltfrieden schon sehr bald erreicht werden könne »unter Beibehaltung der Grundlagen unserer heutigen Gesellschaftsform«, wohingegen der Sozialismus davon ausgehe, »dass ein wirklicher Friede nicht möglich ist, wenn nicht die wirtschaftlichen und sozialen Bedingungen, wie sie das kapitalistische System geschaffen hat, grundlegend geändert werden.«

Gertrud Schloß trat hier als Vertreterin einer »auf sachlich soziologischen Erkenntnissen beruhenden sozialistischen Realpolitik«[35] auf. Der Pazifismus der Internationalen Friedensgesellschaften erschien ihr als träumerisch und zu wenig an der realen weltpolitischen Lage orientiert.

Sie schrieb abschließend: »Wenn man ein Haus bauen will, kann man nicht mit dem Dach beginnen. Das Dach, in unserem konkreten Fall: der Völkerbund, hat nur dann Sinn, wenn er die Decke eines wirklich gestalteten Weltganzen ist. Dieses Weltganze wird sich aber nur durch einen organischen, das heißt einen aus den Produktionserfordernissen herauswachsenden Zusammenschluss der einzelnen Staaten und Nationen zu großen Produktionseinheiten gestalten.« Sie meinte, »dass für den verantwortungsbewussten Europäer (und das wollen und müssen sowohl die Pazifisten wie die Sozialisten Europas sein) Kontinentaleuropa eine positive politische Zielsetzung unbedingter Notwendigkeit ist.«

Was die Vorhersage der Schaffung eines kontinentaleuropäischen Konstrukts angeht, hat Gertrud Schloß wohl recht behalten, auch wenn die Europäische Union erst Jahrzehnte nach ihrem gewaltsamen Tod gegründet wurde. Ihre grundsätzliche Kritik am Völkerbund – der als Vorläuferorganisation der Vereinten Nationen noch Geburtsfehler hatte, wie die fast in allen Fragen notwendige einstimmige Abstimmung oder die zu geringen Sanktionsmöglichkeiten gegenüber den sogenannten »großen« Staaten – ging hingegen fehl.

Heute mutet es etwas grotesk an, wenn die Forderung nach der Umsetzung der klassenlosen Gesellschaft als Realpolitik bezeichnet wird, das Wirken des Völkerbunds und seiner Anhänger hingegen als politische Träumerei. Gertrud Schloß' politische Analysefähigkeit zeigt sich an dieser Stelle zeitbedingt geprägt. Ganz im Sinne des sich auf den marxistischen Sozialismus berufenden Erfurter Programms der SPD argumentierte Schloß im Theoriegebäude von Karl Marx, um gleichzeitig den realpolitischen Anspruch der deutschen Sozialdemokratie und ihrer friedenspolitischen Positionen rhetorisch zu untermauern.

7. Künstlerische Arbeit

1927 schrieb Gertrud Schloß ein Theaterstück namens »Ahasver«, das am 27.2.1928 am Stadttheater Trier seine Uraufführung fand. Das Stück trägt den Untertitel »4 Bilder im Rhythmus unserer Zeit«. Die Spielleitung hat Richard Veron. Die Hauptrolle des Ewigen Juden spielt Ferdinand Marian, der später in der Rolle des Juden im NS-Propaganda-Film »Jud Süß« traurige Berühmtheit erlangen sollte. Sein Gegenpart ist »Die Frau«, gespielt von Ilse Thüring.

Das erste Bild ist im Spielsaal eines Kasinos situiert. Hier treffen Ahasver und die Frau auf eine illustre Runde von Spielern und Spielerinnen am Roulette-Tisch, begleitet von einem Groupier und einer eleganten, blonden Frau. Im zweiten Bild finden sich Ahasver und die Frau, die hier den Namen Juliette trägt, in einer Hafenkneipe wieder, in welcher sie auf einen Schiffskapitän, einen Steuermann, Matrosen, Schiffsjungen, Abenteurer, einen Clown, einen Tänzer, die Schankwirtin und den Hafenpolizisten treffen. Außerdem bevölkern die Szene Dirnen, Matrosen und Arbeiter. Das dritte Bild ist mit »Der Petroleummagnat« überschrieben. Ahasver begegnet einer Sekretärin, wiederum gespielt von Ilse Thüring, Charles, dem Bürochef, Frank, dem Direktor, Eaton, dem Ingenieur und einer Stenotypistin sowie unbenannten Angestellten, Maschinisten und Arbeitern. Im vierten und letzten Bild, das den Titel »Der Führer« trägt, trifft der Führer Ahasver wieder auf Juliette und Eaton, welche die Verbindung zu den vorangegangenen Szenen herstellen. Außerdem treffen sich der Gewerkschaftspräsident, der Generalsekretär der kommunistischen Partei, der Chef der Revolutionsarmee, ein Nachrichtenoffizier, mehrere Soldaten, Arbeiter und Bürger.

Die Spieldauer des Stücks ist mit zweieinhalb Stunden angegeben. Nach jeder Szene ist eine kurze Pause geplant. Für die Bühnenbilder zeichnet Kurt Heidrich verantwortlich, Theatermeister ist Matthias Quaré, und die Beleuchtung nimmt Bernhard Wilbert vor.[36]

Alle Informationen sind den Trierer Theaterblättern vom 19. Februar 1928 (Heft 11) entnommen. Auf den Seiten 9-12 wird das Personenverzeichnis zur Uraufführung veröffentlicht. Das Verzeichnis geht fast zwischen den vielen Werbeanzeigen, die es umrahmen, unter. Auch auf der Titelseite der Theaterblätter fehlt im Inhaltsverzeichnis ein Hinweis zur Uraufführung. Allerdings finden sich in den Trierer Theaterblättern vom 15. Januar 1928 (Heft 9)[37] Angaben zum Inhalt des Stücks.

Gertrud Schloß veröffentlichte zwei Texte – den Prosatext »Theater« und ein Gedicht mit dem Titel »Ahasver«. In »Theater« beschreibt sie in Gedankenketten die Aufgabe des Theaters als einen Menschwerdungs- und Selbstfindungsprozess, an dessen Ende das »Aufreißen unseres Selbst«, die »Erkenntnis unseres Selbst« steht. Sie schreibt weiter: »Das Theater wird zum Tribunal des Herzens. Das Theater wird Kampfplatz der Seele. Das Theater wird Fechtplatz des Geistes. Das Theater ist der Wirklichkeit gewordene Rhythmus der Zeit, die in die Unendlichkeit strömt.«

Für Gertrud Schloß ist das Wesen des Menschseins im Gefühl begriffen. Sie misst der Emotionalität eine sehr große Bedeutung bei, wenn es um die Begeisterung und Begeisterungsfähigkeit von Menschen geht.

Entgegen einer früheren Lesart[38] vom Stück »Ahasver«, das Gertrud Schloß prophetische Gaben zusprach und ihren Ahasver in Beziehung zum Nationalsozialismus stellte, legen die neueren Funde rund um das Theaterstück nahe, dass es sich um eine Auseinandersetzung mit dem Führerkult der Bolschewisten handelt. Dies war für sie als Sozialdemokratin, die von einer »klassenlosen Gesellschaft« träumte, ein weitaus größeres Problem, dem sie sich auch schon in ihrer Dissertation gewidmet hat. Der Totalitarismus der UdSSR führte zu einer nicht unerheblichen Kritik am System der Bolschewisten, gerade auch von linken Intellektuellen, zu welchen Gertrud Schloß zu zählen ist.

So schrieb der Theaterkritiker und Schriftsteller Heinrich Tiaden in der Kölner Zeitung (?)[39] vom 2. Februar 1928: »Es ist schwer zu erfassen, in welcher Beziehung nun die Figur des Ahasver für unsre Zeit besonders typisch oder richtunggebend oder charakterisierend sein soll, wenn nicht diese Absicht ganz aus dem letzten Bild hervorzugehen hat, wo Ahasver die Oberleitung des organisierten Proletariats übernimmt, richtiger, die des Bolschewismus, die dem Bürgertum den Garaus machen will. Alles in dem Werk drängt auf Vernichtung. Was Ahasver berührt, zerbricht unter seinen Händen. Auch das gewollte Gute wendet sich zum Bösen. So steht Schloß als programmatische Verkünderin des absoluten Pessimismus vor uns.«[40]

Der Trierer Theaterkritiker P. K.[41] schreibt im Trierischen Volksfreund (TV) am 30. Januar 1928: »Daneben forscht Ahasver bei Dr. Schloß redlich und nicht ohne Gedankentiefe nach Zweck und Ziel alles Seins, nach Bestimmung und Wert des Menschenlebens. Leider gelangt die Dichterin zu ethisch völlig negativen Ergebnissen. Eine Ethik, die im Religiösen gemündet hätte oder doch in ihm begründet gewesen wäre, kennt sie nicht, und wenn nicht die mahnende Frau wäre, die Ahasver mit gütiger Hand leitet und in der Liebe die Erlösung sucht, man müßte annehmen, daß die Dichterin in der letzten Konsequenz des Bolschewismus, in den sich Ahasver schließlich stürzt, Sinn und Ziel und Erlösung der Menschheit erblicke. (…) Ahasver erliegt seinem Verhängnis: ›Ich glaube nicht, ich weiß nicht. Ich tue: ob gut oder böse. Ich fange an und zerstöre.‹«[42]

Damit führt er die Massen zur Blutrevolution, weiß die Trierische Landeszeitung (TL) vom 30. Januar 1928: »Doch nun erkennt der Mensch, daß er auch nach dieser Revolution an Zwang und Arbeit gebunden ist, daß er keine Erlösung, keine Liebe fand. Daher verlangt er von seinen Führern, daß sie ihn zur Blutrevolution begleiten, zur Diktatur des Proletariats, zur Vernichtung der ›Bürgerlichen‹. Der Führer (Ahasver) erkennt das Verbrecherische und Unsinnige des Verlangens, aber er muss dem Willen der Massen folgen. Die Geister, die er rief, wird er nun nicht mehr los. Das Grauenhafte wird geschehen (bolschewistische Revolution in Rußland), wie es endet, diese Frage bleibt offen. Man ahnt nur, daß der Mensch sich wieder am Anfang einer Epoche befindet, daß er weiter suchen, herrschen und zerstören wird, und daß er die Erlösung auch hierbei nicht findet, da ihn die Liebe bei diesem Tun nicht leitete.«[43]

Alle bürgerlichen Kritiker sind sich einig, was die grundlegende Anlage des Stücks angeht. Sie finden, die Liebe sollte nicht im Menschen, sondern im göttlichen Prinzip zu finden sein.

So steht in der Trierischen Landeszeitung: »Ahasver fragt: Wo steckt sie denn, deine vielgepriesene Liebe? Und Juliette antwortet: Im Glauben in den anderen, im Bereitsein, den anderen zu achten. Wenn das die Liebe sein soll, dann ist es kein Wunder, daß nach der ersten die zweite Revolution folgt.« Und dann erläutert der Kritiker mit erhobenem Zeigefinger sein Konzept der Liebe: »Liebe ist in erster Linie Hingabe an und Opfer für den anderen. Aber sie kann sich nicht allein gründen auf ›Menschentum‹, denn die Gesetze des Menschen sind veränderlich und damit auch ihre Auffassung von dem, was Liebe ist. Hier sind Gesetze ewiger, unveränderlicher Art vonnöten, die die Liebe von ewiger Warte aus für den Menschen sanktionieren. Wenn der Mensch sich selbst genügsam in das Menschentum, d. h. in sich selbst vergräbt, wird er im Irdischen, in seinen Leidenschaften und Trieben haften bleiben und nie zu wahrer Freiheit, wahrer Liebe und wahrem Glück gelangen. Denn das Endziel des Menschen ist nicht in dieser Welt. Hier scheiden sich die Auffassungen der Verfasserin von der unseren und von – Goethes Faust.«

Ferdinand Laven[44] bringt seine religiöse Erschütterung in der Frankfurter Zeitung vom 1. März 1928 auf folgende Formel: »Ahasver (…) ist der verfrühte Ausritt einer in Weltanschauungsfragen missleiteten Schwärmerin. Ein beängstigender, ungesunder Pessimismus, der sich in vier skizzenhaft hingeworfenen Bildern spreizt. (…) In einer lärmenden Welt rasender Unrast, voll herzloser Illogismen, verbrämt mit Sombartschen Exzerpten, trägt sich dies alles zu – ohne daß es dem (in schwachen Ansätzen) die alles einende Liebe kündenden Weibe gelänge, das Durcheinander auf der expressionistisch zugeschnittenen Bühne auch nur einen Schimmer christlich-ethischer Gedanklichkeit zu beleuchten. Mit solchen Experimenten ist der theaterfreundlichen Allgemeinheit schlecht gedient.«[45]

Tiaden findet für die Belesenheit von Gertrud Schloß positive Worte: »Die Verfasserin bekundet in ihrem Werk ohne Zweifel Talent für die Dramatik und einen Blick für Bühnenwirksamkeit. Doch hat man den Eindruck, als habe sich dieses natürliche und ursprüngliche Talent durch einen großen Ballast aufgespeicherter Literatur noch nicht hindurchgewunden.«[46]

Gertrud Schloß' Hauszeitung »Volkswacht« tadelt in ihrer sehr kurzen Besprechung am 30.1.1928 vor allen Dingen die Stoffauswahl: »Dem Stück kann ein gewisser, wenn auch noch nicht ausgereifter Rhythmus nicht abgesprochen werden. Aber es ist nicht der Rhythmus unserer Zeit, wenn auch die für diese Zeit handgreiflichen Situationen (Industriekapitän, Arbeiterführer) zur Gestaltung des Stoffes Verwendung fanden. Für ein Erstlingswerk sich solch schwierigen Stoff zu nehmen, erscheint etwas gewagt. Die Gestaltung eines solchen Problems verlangt ein ausgereiftes Talent, zumindest aber ein Talent, das das rein Bühnentechnische vollkommen beherrscht.«
 In der gesamten Rezension wird Gertrud Schloß nicht einmal erwähnt. Im Vergleich zu den längeren Besprechungen in der TL (sechsmal so viele Zeilen) und im TV (dreimal so viele Zeilen) wie auch zur Kritik von Heinrich Tiaden muss Gertrud Schloß dies als Ohrfeige ihrer Parteigenossen und Genossinnen empfunden haben. Die Kritik zeugt vermutlich vom Neid, den der Verfasser hinter der unpersönlichen Kritik nur schwer verstecken kann.

Die auf die Person Gertrud Schloß projizierte Polemik, die Arthur Friedrich Binz in der Saarbrücker Zeitung und Ludwig Hausberger[47] in der National-Zeitung veröffentlichten, wird von ihr als Gekeife der Nationalsozialisten eingeordnet worden sein. Nur die Härte der Diffamierung lässt bis heute erschrecken. Gleich in Zeile vier des Hausberger-Textes geht es los: »Wer ist G. L. Schloß? Eine Frage, die unter den verschiedensten Umständen sehr oft gestellt wird, aber trotz des zu diesem Namen gehörigen löblichen Dr. phil. (wahrscheinlich in Würzburg erworben!) garnicht so leicht zu beantworten ist. Was mag Dr. G. L. Schloß beruflich sein? Fragen Sie die Dame selbst, lieber Leser, und Sie werden staunen. Wenn sie sich als Schriftstellerin bezeichnet, oder andere ihr den Gefallen tun, sie mit diesem Titel zu beglücken, so steht noch lange nicht fest, ob sie es wirklich ist. Ihre berufliche Tätigkeit ist nicht zu definieren. Vorstand der ›freien Volksbühne‹, Ortsgruppe Trier, zu sein ist ebenso wenig ein Beruf, wie als Mitglied der berühmten hiesigen Theaterkommission zu fungieren.«

Dann folgt eine Auflistung an Situationen, in welchen der Autor die »schriftstellerische Tätigkeit« von Getrud Schloß zu beurteilen glaubt. Dabei erwähnt er, dass Gertrud Schloß Verfasserin des bekannten Exposés zum 125jährigen Jubiläum des Stadttheaters, einer Denkschrift, sei, die er auf die Hälfte gekürzt habe.[48] Er habe außerdem noch druckfeuchte, aber nicht veröffentlichte Erzählungen im Papierkorb gefunden »und sie sorgsam aufbewahrt« mit dem drohenden Hinweis: »Solche Geistesprodukte verlangen schon wegen ihrer Originalität eine bevorzugte Behandlung.«

Eine Geschichte ist in diesem Zeitungsartikel unter dem Titel »Die Straße am Fluß«[49] abgedruckt, die eine Szene in einem Bordell beschreibt und Gertrud Schloß' Homosexualität andeutet. Erst in der vierten Spalte kommt der Autor überhaupt zur Besprechung des Stücks. Er fragt sich, welches Problem im Stück auch nur ansatzweise behandelt worden sei und folgert: »Ich möchte denjenigen sehen, der aus diesem seelenlosen, von Schloß'scher Widersinns-Philosophie durchtränktem Gefasel nur irgend etwas herausgelesen hat, was gänzlich verständlich ist. Das muss ein ganz Überschlauer sein.« Und weiter: »Was hat nun Dr. Schloß mit der Aufführung dieses Stückes bezweckt? (…) Ich kann nur annehmen, daß es ihr leidenschaftlicher Wunsch war, (nachdem sie der Intendanz monatelang die Haustüre eingelaufen hat, um dieses Stück aufgeführt zu sehen), ihren Namen in aller Mund zu hören.« Für diese Behauptung liefert Hausberger keinen Beweis. Er versteht aber den Wunsch und weiß, dass »das Gegenteil des beabsichtigten Zweckes« eintreten wird, und beeilt sich einzuschränken »wenigstens bei vernünftig eingestellten Menschen«. Er bescheinigt Schloß »Noch-Unfähigkeit« und diffamiert weitere andere Arbeiten wie »Variationen über die Frau«. Er kennt Gertrud Schloß so gut, dass er ihre Reaktionen bereits vorhersagen kann: »Die Autorin wird nun trotz ihres Mißerfolgs ›restlos‹ glücklich sein. Sie wird mit ihrer vor einigen Tagen so schmählich aufgefallenen Genießerclique ihre kraftlos-matte dramatische

Zeugungsfähigkeit mit Schaumwein veredeln und aufzufrischen suchen.« Und zum Schluss weiß er, dass »sie über meine miserable Kritik erbost sein wird und sie dennoch nicht aufhören wird, ihren Zufalls-Ideen weiteranzuhangen.«

Diese Kritik aus der National-Zeitung, dem Parteiblatt der NSDAP, zeigt deutlich, wie früh die Nationalsozialisten begonnen haben, ihre Gegner mundtot zu machen und auch vor falschen Behauptungen, nicht zurückschreckten. In besonderer Art und Weise wird die sexuelle Orientierung von Gertrud Schloß zum Gegenstand der Verurteilung gemacht. Eine inhaltliche Auseinandersetzung mit dem Stoff findet nicht statt. Die Uraufführung wird zum Anlass genommen, Hohn, Spott und Menschenverachtung über Gertrud Schloß, ihre Freunde (»Genießerclique«) und positiven Kritiker (»Überschlauer«) auszugießen und damit einer gesellschaftlichen Spaltung das Wort zu reden von einer Wir-Gruppe (die »Vernünftigen« und »Einsichtigen«) gegen eine dekadente, hedonistische Elite, die aufgrund persönlicher Beziehungen (»Mitglied der Theaterkommission«) Steuergelder verschwendet.

In einem zweiten Artikel werden dann die »Verantwortlichen«, d. h. der Intendant zur Verantwortung gezogen, er habe diese Vergeudung und Verschwendung (»Tausende wurden wieder nutzlos verschwendet«) gebilligt. Um dann im Tremolo der Wut zu fragen: »Wer lässt sich das weiterhin noch gefallen? Sind denn gar so wenige in unserem Stadtparlament, die es sich gefallen lassen, daß mit den Steuergroschen in dieser Art und Weise gewirtschaftet wird?«[50]

Es geht dem Kritiker in keinem Moment um die Uraufführung des »Ahasver«, beide Artikel werden für eine Generalabrechnung mit Gertrud Schloß und ihren Unterstützern instrumentalisiert.

Dass Gertrud Schloß noch 1932, also vier Jahre nach der Uraufführung des Ahasver, ihren Gedichtband »Begegnungen« herausbringt, zeugt von ihrer Unerschütterlichkeit. Sie ließ sich nicht einschüchtern und verfolgte ihren literarischen Weg gegen alle Widerstände. In ihrem Roman »Aufruhr um Lilly« entwickelt die Hauptfigur Lilly ihren eigenen Weg, gegen den patriarchal-väterlichen Widerstand, gegen den freundschaftlich-liebend besorgten Widerstand des Ehemanns. Bereits die erste Szene, eine rasante Autofahrt in den Comer Bergen, Lilly am Steuer und neben ihr ein etwas steifer britischer Lord, zeigt, wer in diesem Roman handelt und wer zur Nebenfigur degradiert wird.

»So sind sie alle, die Männer, dachte sie. Und ihre Augen funkelten. Sie haben Angst, einfach Angst haben sie, wenn eine Frau am Steuer sitzt und führt. Sie wollen das nicht.«[51]

So denkt Lilly van Rongen. Lilly van Rongen hat einen Mann, den weltweit produzierenden Seifenfabrikanten Lukas van Rongen, ein »kleiner, untersetzter schüchterner Mann im weißen Flanellanzug«. Das erste Aufeinandertreffen der beiden offenbart dem Leser und den Leserinnen, dass diese Ehe nicht im besten Zustand ist. Lilly möchte ihren Mann am liebsten loswerden. Kurz darauf hat sie ein schlechtes Gewissen. Denn »er war ja ein lieber Kerl, er tat alles für sie. Er trug sie, wie man so sagte, auf Händen.«[52]

Lilly, die eigentlich als Theaterschauspielerin in Berlin Karriere machen wollte, fühlt sich in der Rolle als Ehefrau des Fabrikanten offensichtlich unwohl. Sie reißt aus und bricht aus der engen Rolle aus, wo es ihr möglich ist. Als passionierte Hobby-Rennfahrerin genießt sie die Schnelligkeit und die Kurvenlage ihres Bugatti.

Gertrud Schloß beschreibt Lilly so: »Sie war Dame und doch ein bisschen frech. Sie war die Frau von Welt mit dem unnachahmlichen, ja hinreißenden Charme der klugen, erfahrenen Frau. Aber sie war auch dieses übermütige, verwegene Geschöpf.«[53]

Lukas nutzt die Schönheit seiner Frau, um einen Zugang zum indischen Kontinent zu erhalten. Aus diesem Grund soll sich Lilly intensiv um Lord Chylsant kümmern, wenn er ihr »den Hof macht«. Lilly selbst empfindet diese Vorstellung als »ein ganz klein wenig unfair«. »Ich bin ein Rechenfaktor, ein Handelsobjekt bin ich, sagte sie sehr ruhig.«

Gertrud Schloß kann sich sehr gut in ihre weibliche Hauptfigur einfühlen. Die Motivationen, inneren Einsichten und Gedankengänge des Ehemanns bleiben ihr verschlossen. Die Darstellung wirkt steif und wenig inspiriert. Die Motivation, seine Frau um eine »solch unerhörte Sache« zu bitten, wird einzig auf die Erziehung und die Familientradition zurückgeführt. »Aber er war so erzogen, dass zuerst und immer wieder zuallererst das Geschäft daran kam. Immer. So waren die van Rongens seit Generationen erzogen.«[54] Diese Szene kann ein Hinweis auf Getrud Schloß eigenen familiären Hintergrund geben.

Gertrud Schloß beschreibt sehr dezent eine Vergewaltigungsszene, in welcher Lilly sich derart zur Wehr setzt, dass sie einen unangenehmen Verehrer im Comer See ertrinken lässt und sich danach sofort wieder in die Festgesellschaft stürzt. Der Tod scheint sie nicht zu rühren. Später greift Gertrud Schloß das Thema wieder auf: »Es tat ihr nichts leid. Und Lester Frankie hatte sich abscheulich benommen an jenem Abend im Boot.«[55]

Gertrud Schloß gelingt es in diesem Groschenroman meist, schöne Dialoge zu entwickeln. Hier kann man ihre Passion zum Theater und ihre Ausbildung am Theater herauslesen. Die Personentiefe ist bei den Frauen höher als bei den männlichen Figuren, die Landschaftsbeschreibungen können teilweise auch auf Trier bezogen werden, beispielsweise in diesem Satz, den Lukas van Rongen denkt: »Er hatte Sehnsucht nach einer kleinen, ruhigen Stadt, nach windschiefen, altertümlichen Häusern, nach holprigem Pflaster.«[56]

8. Leben im Exil

Gertrud Schloß verlässt ihre geliebte Heimatstadt Trier im Jahr 1932 für immer. Vielleicht war der Tod[57] von Hermann Möschel – dem im Juli 1932 in Pfalzel zu Tode geprügelten Fahnenträger des Reichsbanners Schwarz Rot Gold – für den Umzug nach Frankfurt, wo sie bereits ein Semester studiert hatte und sich in der Anonymität der Großstadt sicher glaubte, ausschlaggebend gewesen. Mit dem Wechsel nach Frankfurt muss Gertrud Schloß ihren Namen ändern. Veröffentlichungen von ihr erscheinen ab diesem Zeitpunkt nur noch unter den Pseudonymen Alice Carno und Mary Eck-Troll. Frankfurt wird Zuflucht, aber vermutlich keine Wahlheimat gewesen sein. In ihren Gedichten beschrieb Gertrud Schloß häufiger die Anonymität der Großstadt als bedrohlich.[58]

Sie war zu diesem Zeitpunkt bereits Exilantin im eigenen Land. Der Verlust des Namens und die Enteignung ihrer Mutter und ihres Bruders, die seit 1924 die väterliche Kleiderfabrik führten, von all diesen existenzbedrohenden Lebensereignissen findet sich keine Spur in den Groschenromanen. Die Arbeit an den Romanen wird so etwas wie eine Flucht aus der bedrückenden Realität für sie gewesen sein.

Nach sieben Jahren wiederholter Versuche, eine Genehmigung zur Ausreise nach Luxemburg zu erhalten, gelang es Gertrud Schloß endlich im Sommer 1939. Sie traf am 29.7.1939 in Helmsingen in der Parkstraße bei ihrem Bruder Heinrich und ihrer Mutter Frieda ein. Der lang ersehnte Auswanderungsantrag war endlich bewilligt worden.

Neuen Mut schöpfend begab sich Gertrud Schloß gleich an die Arbeit. Die Veröffentlichung ihres neuesten Romans »Rechtsanwalt Dr. Edith Brandt« stand kurz bevor. Außerdem bemühte sie sich in Luxemburg über ihre sozialdemokratischen Kontakte um ein Zeitungsorgan, das ihre Texte regelmäßig veröffentlichen sollte. Um nicht aufzufallen, blieb sie bei den eher unpolitischen Groschenromanen.

Im Herbst 1939 war das Vertragliche geregelt, sie veröffentlichte die Schmonzette »Zwischen Pflicht und Liebe« als Fortsetzungsroman im Escher Tagblatt und sicherte der Familie so ein regelmäßiges Einkommen.

Bei den Meldebehörden hatte sie eine weitere regelmäßige Einnahme angegeben: die Veröffentlichung ihrer anderen Romane brachten ihr 1000 Schweizer Franken im Monat, die ihr vom »Glücks«-Verlag als Autorinnen-Honorar zur Verfügung gestellt wurden. Ob es sich um echte Honorare handelt oder um Geldmittel, die die Familie rechtzeitig vor der Enteignung in die Schweiz gebracht hatte und jetzt aufgrund der freien Berufswahl der Tochter – Schriftsteller wa-

Walferdange, d. 3. dezember 1939.
rue du parc

Sehrgeehrter Herr Professor!

Heute erlaube ich mir, Ihnen meinen Roman "Rechtsanwalt Dr. Edith Brandt" zu übersenden und hoffe, dass der Roman Ihnen einige angenehme Stunden der Lektüre gewähren wird.

Ich würde mich freuen, recht bald einmal wieder mit Ihnen zusammen sein zu können und bin für heute

mit den freundlichsten Grüssen!
Ihre sehr ergebene

[signature]

Herrn
Professor Dr. Paul Henckes
Luxemburg
[Straße]

Brief von Gertrud Schloß an Paul Henckes

ren wie Anwälte vom Berufsverbot der Nazis ausgenommen – der Familie den Alltag im Exil erleichtert, ist ungeklärt.

Gertrud Schloß bemühte sich um einen Kontakt zum Luxemburger Intellektuellen Paul Henckes, der in den »Cahiers luxembourgeois« Gedichte veröffentlicht. Es ist anzunehmen, dass sie so an einer Normalität festhalten wollte, die es nach sechs Jahren im Exil in Frankfurt und einer immer raueren und feindlicheren allgemeinen Situation – der 2. Weltkrieg hatte am 1. September 1939 mit dem Überfall auf Polen begonnen, das nationalsozialistische Regime erfuhr militärische Erfolge und rüstete verbal und militärisch weiter auf – nicht mehr gab. Umso erstaunlicher, vielleicht auch illusorischer, erscheint die Widmung, die Gertrud Schloß in einem Autorinnenexemplar am 3. Dezember 1939 für Paul Henckes hinterließ:

»Herrn Prof. Dr. Paul Henckes in Dankbarkeit zugeeignet von der Verfasserin
Luxembourg, Dezember 1939«

Dem Buch lag zudem folgender Brief bei (s. links die Reproduktion des Originals aus der Sammlung Gast Mannes):

Walferdange, d. 3. Dezember 1939.
Rue du Parc
Sehr geehrter Herr Professor!
Heute erlaube ich mir, Ihnen meinen Roman »Rechtsanwalt Dr. Edith Brandt« zu übersenden und hoffe,
dass der Roman Ihnen einige angenehme Stunden der Lektüre gewähren wird.
Ich würde mich freuen, recht bald einmal wieder mit Ihnen zusammen sein zu können und bin für heute mit den freundlichsten Grüßen!
Ihre sehr ergebene Dr. G. Schloß[59]

Der Brief ist ein vehementer Versuch, am Althergebrachten festzuhalten, an Konventionen und Höflichkeiten, die Gertrud Schloß in ihrer Familie gewohnt war, dessen sie sich versicherte, um über die-

Antrag zur Erlangung der Fremdenkarte.

FREMDENPOLIZEI.
Police des Étrangers.

Lois des 30 décembre 1893 et 14 avril 1934.
Arrêtés grand-ducaux des 15 février 1911 et 31 mai 1934.

Anmelde-Erklärung
Déclaration d'Arrivée

No 25

für / faite par — **Fräulein Dr. Lea, Gertrud S C H L O S S ,**

welche sich niedergelassen hat zu (die Arbeitsstelle ist ebenfalls zu bezeichnen) / qui a pris sa résidence à (indiquer également le nom du patron ou l'établissement) — **H e l m s i n g e n (im Park bei Heinrich Schloss,**

am / le **28. J u l i 1939.**

1.	Ort und Datum der Geburt (Kreis, Departement usw.) Lieu et date de naissance (Arrondissement, département, etc.)	Trier, am 18. Januar 1899.
2.	Des Vaters / Du père — Namen / Nom et prénoms	Jakob,
	Geburtsort und Datum / Lieu et date de naissance	Luxemburg, am 23.1.65.
3.	Der Mutter / De la mère — Namen / Nom et prénoms	Frieda Katz,
	Geburtsort und Datum / Lieu et date de naissance	Mollenfelde bei Goettingen, 19.3.72.
4.	Nationalität des Angemeldeten / Nationalité du déclarant	Deutsche,
5.	Stand oder Gewerbe / Profession	ohne Stand,
6.	Verheiratet, verwitwet, ledig, geschieden / Marié, veuf, célibataire, divorcé	ledig,
7.	Ort und Datum der Eheschliessung / Lieu et date du mariage	////
8.	Der Ehehälfte / Du conjoint — Namen / Nom et prénoms	////
	Geburtsort und Datum / Lieu et date de naissance	
9.	Namen, Geburtsort und Datum der Kinder / Nom, lieu et date de naissance des enfants	////
10.	Angabe ob der Angemeldete mit oder ohne Familie in der Gemeinde anwesend ist. / Indiquer si le déclarant est avec ou sans famille	führt einen gemeinsamen Haushalt mit ihrer Mutter und ihrem Bruder.
11.	Erwerbs- u. Vermögensverhältnisse (Tagelohn, Grundgüter usw.). / Moyens d'existence (salaire, biens immobiliers etc.)	hat monatlich ca. 1000,- Fraknen für ihren persönlichen Bedarf zur Verfügung.
12.	Aufenthaltsdauer während der letzten 10 Jahre, unter möglichst genauer Bezeichnung der Adresse und Aufenthaltsdauer in jeder Ortschaft sowie, gegebenenfalls, des Arbeitgebers. / Résidence pendant les 10 dernières années. Indiquer la durée du séjour dans chaque localité, la rue et le No de la maison habitée, et, le cas échéant, les noms du patron	beständig in Deutschland. Aufenthaltermächtigung vom 6.4.39 ausgestellt durch den Herrn Justizminister. Einreise zu Wasserbillig, am 26.7.39.
13.	Bezeichnung der Ausweispapiere . (Pass, Identitätskarte, Nummer, Datum, und Gültigkeitsbereich bezw. der Arbeitsermächtigung) / Désignation des papiers de légitimation (Passeport, carte d'identité, numéro, date et durée de validité de l'autorisation de commerce resp. de travail)	Reisepass N° 18195/38 ausgestellt zu Frankfurt a/M. am 22.12.38 gültig bis zum 21.12.39. Polizeiliche Abmeldung Frankf.nach Walferd. Ärztliches Attest.Dr.M.Thilmany,Frankfurt a/M. vom 24.6.39.
14.	Ort und Datum der Impfung / Lieu et date de la vaccination	Impfschein vom 18. Januar 1900.

Richtig bescheinigt / Certifié exact

Der Interessent, / L'intéressé,

Walferdingen, , den **28. J u l i 1939.**

Der Bürgermeister / Polizei-Kommissar,
Bourgmestre / Commissaire de Police

*) **Bemerkung.** — Für über 15 Jahre alte Kinder und für Dienstboten sind besondere Anmeldezettel nach demselben Formulare aufzustellen.
Remarque. — Établir d'après le même formulaire, une déclaration spéciale pour les enfants âgés de plus de 15 ans et les domestiques.

1. 39. 30.000.

Wichtige Mitteilung: Diese Anmeldeerklärung gilt unter keinen Umständen bereits als die Aufenthaltsbewilligung.
Remarque importante: La présente déclaration d'arrivée ne vaut en aucun cas déjà comme autorisation de séjour.

Meldekarte

se Art der Beziehungspflege ihr Einkommen, die Reputation und das Renommee, wenn nicht sogar ihr Überleben zu sichern.

Ob sie sich neben diesen Aktivitäten auch um eine Ausreise der Familie gekümmert hat, ist nicht belegt. Es steht zu vermuten, dass sie sich im kleinen, beschaulichen, von der Weltpolitik oft unbemerkt gebliebenen Luxemburg einigermaßen geschützt fühlte. Ihre wenigen Lebenszeichen aus dem Luxemburger Exil deuten darauf hin, dass ihr Ziel nicht die Ausreise war, sondern dass sie in der Luxemburger Gesellschaft ankommen und sich dort etablieren wollte. Welch folgenschwere Fehleinschätzung der weltpolitischen Lage!

Schon im April 1940 war es mit der Ruhe und Betulichkeit in Walferdange vorbei. Die deutsche Wehrmacht fiel in Luxemburg ein und besetzte das komplette Land innerhalb weniger Tage.

Gertrud Schloß war den Überwachungsbehörden, insbesondere der Gestapo, schnell aufgefallen, hatte sie sich doch Anfang der 1930er Jahre deutlich gegen die NS-Herrschaft positioniert. Als im August 1940 die Gestapo im ehemaligen Herz-Jesu-Ordens-Kloster Fünfbrunnen in der Nähe von Uflingen das sogenannte »Jüdische Altersheim«, eine beschönigende Bezeichnung für ein Sammlungs- und Internierungslager für Luxemburger Juden, einrichtete, war Gertrud Schloß eine der Ersten, die dorthin verschleppt wurde. Ihr war nur erlaubt, einen Koffer mit wenigen Habseligkeiten mitzunehmen, sie wurde faktisch enteignet.

Die ehemalige Klosteranlage ist für maximal 80 Personen gebaut. In der Hauptphase brachten die Nationalsozialisten rund 500 Personen jüdischen Glaubens dort unter. Diese Menschen waren auch die ersten, die auf einen Transport gingen – der Luxemburger Zug verließ das Land am 16. Oktober 1941 in Richtung des Konzentrationslagers Lodz.

Gertrud Schloß wurde am 26. Januar 1941 im Konzentrationslager Chelmno oder Lodz[60] ermordet. Ihr Bruder Heinrich ist am selben Ort am 5. April 1943 gestorben. Die Mutter wurde mit einem späteren Deportationszug am 26. Juli 1942 nach Theresienstadt gebracht und am 19. September 1942 von dort nach Treblinka deportiert, wo sie zu Tode kam.

9. Wiederentdeckung von Getrud Schloß

Viele Jahrzehnte blieb das Schicksal und Leben von Gertrud Schloß verschollen. Sie war eine von Millionen Juden, die den Rassenhass und die Menschenverachtung der Nationalsozialisten nicht überlebt hatten. In der Bundesrepublik erfolgte die Aufarbeitung der Geschichte und der Verbrechen des Nationalsozialismus in Wellen. In Trier hat eine verstärkte Erforschung erst mit der Gründung der Arbeitsgemeinschaft Frieden, und hier insbesondere mit der Gründung des Arbeitskreises Trier im Nationalsozialismus, im Herbst 1978 eingesetzt. Thomas Zuche, der Initiator dieses Arbeitskreises, hatte schon in den frühen 1980er Jahren zur lokalen NS-Geschichte gearbeitet. Erstes Ergebnis war die Februar-Ausgabe der Kleinen anderen Trierer Zeitung (KATZ) von 1983 mit dem Titel »Nazis in Trier«. 1993 wird der sogenannte »Stattführer Trier«[61] veröffentlicht, als Ergebnis des seit 1988 tagenden AK.

Seit Ende der 1970er Jahre bemühte sich der Trierer Sozialdemokrat Eberhard Klopp um die Geschichte der lokalen Arbeiterbewegung und hat dazu einige spannende Quellen aufgetan. Die Ergebnisse seiner Forschungen sind u. a. in Kurzbiographien zur Geschichte der Trierer Arbeiterbewegung[62] gemündet. In dieser für Forschende bemerkenswerten Recherchegrundlage findet sich auf Seite 71ff. eine biografische Kurzfassung zu Gertrud Schloß. 1985 veröffentlicht éditions trèves auf Anregung von Eberhard Klopp den 1932 erstmals publizierten Gedichtband »Begegnungen« der Trierer Schriftstellerin Gertrud Schloß erneut. Die biografischen Angaben umfassen damals zwei Buchseiten. Klopp kann heute als Wiederentdecker der jüdischen Schriftstellerin gelten. Seit 1990 erinnert ein Straßenname im Trierer Stadtteil Feyen an die Schriftstellerin.[63]

1999 veröffentlichte der Trierische Volksfreund einen Artikel von Joachim Leser über die Triererin Gertrud Schloß, die im selben Jahr ihren 100. Geburtstag gefeiert hätte. Dies führte dazu, dass sich mehrere Personen mit verschiedenen Fragestellungen intensiv mit dem Leben von Dr. Getrud Schloß befasst haben. So schreibt die

Autorin und Dramatikerin Jutta Schubert 2002 ein Stück »Teufelskomödiant«, das am Theater Trier unter der Regie von Andreas Baesler uraufgeführt wird. Das Stück behandelt das Leben des Schauspielers Ferdinand Marian, der in der von Gertrud Schloß verfassten Uraufführung »Ahasver« die Hauptrolle des ewig wandernden Juden gespielt hat. In Passagen wird im »Teufelskomödiant« auch auf Gertrud Schloß eingegangen.

Im Jahr 2005 entwickelt das Auszeiten Archiv – »Feministisches Archiv für Frauen, Lesben, Mädchen« in Bochum eine Ausstellung zu Lesben im Nationalsozialismus. Gertrud Schloß wird eine eigene Tafel gewidmet, die hauptsächlich Informationen aus dem Volksfreund-Artikel von 1999 verarbeitet.

2007 wird im Rahmen des in Luxemburg stattfindenden europäischen Kulturjahres die Ausstellung »Exilland Luxemburg«[64] im Kulturzentrum in Mersch präsentiert, in der auch Gertrud Schloß Erwähnung findet. Den Luxemburgern ist es zu verdanken, dass einige der Groschenromane von Gertrud Schloß nun als Einzelexemplare wieder bibliographisch aufzufinden sind und entsprechend erschlossen auch gelesen werden können.[64]

Thomas Schnitzler und der Kürenzer Kulturverein haben in Schulprojekten zur Zeit des Nationalsozialismus immer auch über Gertrud Schloß gearbeitet. Die ursprünglich vom Kürenzer Kulturverein und der Arbeitsgemeinschaft Frieden e. V. gemeinsam initiierten Stolperstein-Verlegungen, einem Projekt des Kölner Künstlers Gunter Demnig, haben auch der Erinnerung an Gertrud Schloß einen Ort gegeben. Ihr Stolperstein liegt seit dem 20. November 2007 in der Saarstraße 31, vor ihrem ehemaligen Elternhaus.[65] Heute befindet sich hier die Allgemeinarztpraxis von Martina Müller.

Die Kurzbiografie von Gertrud Schloß findet Eingang in das von der Arbeitsgemeinschaft Frieden e. V. herausgegebene Buch »Stolpersteine erzählen« in seiner ersten und zweiten erweiterten Auflage.

Das im Jahr 2010 veröffentlichte Gedenkbuch für die Juden aus Trier und dem Trierer Land verzeichnet die Familie Schloß – also Frieda mit ihren Kindern Heinrich und Gertrud – nicht in der Liste der aus Trier deportierten Juden, weil sie zum Zeitpunkt der Deportation offiziell in Luxemburg gemeldet waren. In der Gesamtschau der jüdischen Deportierten lassen sie sich allerdings auf Seite 142 finden. Gertrud Schloß' Todestag wird (nur hier) mit dem 26. Januar 1942 im KZ Lodz angegeben.

Das Gedenkbuch geht auf eine Initiative des damaligen Trierer Oberbürgermeisters Klaus Jensen und den damaligen Archivleiter Dr. Rainer Nolden zurück und ist infolge der vielfältigen Gedenkaktivitäten rund um den 70. Jahrestag der Reichspogromnacht 2008 entstanden. Es erinnert an die Schicksale von etwa 650 Juden aus Trier und dem Umland, »die dem nationalsozialistischen Rassenwahn zum Opfer fielen«.[66]

Und 2019 veröffentlicht éditions trèves e. V. in Kooperation mit dem Trierer Archiv für Geschlechterforschung und Digitale Geschichte e. V. den Gedichtband »Begegnungen« erneut, jedoch unter dem Titel: »Die Nacht des Eisens«.

Wohnhaus der Familie Schloß, Saarstraße 31

Anmerkungen

[1] Vgl.: Klopp, Eberhard: Geschichte der Trierer Arbeiterbewegung. Ein deutsches Beispiel. Bd. III, Kurzbiografien 1836-1933. Trier 1979, S. 71-73; Online-Quelle: Rheinland-Pfälzische Personendatenbank: http://rpb.lbz-rlp.de/cgi-bin/wwwalleg/goorppd.pl?s1=-pta1142- Zuletzt bearbeitet: 11.07.2006 (aufgerufen am: 08.07.2018); Klopp, Eberhard: Schloß, Gertrud (Art.) In: Monz, Heinz (Hrsg.): Trierer Biographisches Lexikon. Trier 2000, S. 403, Sp. 2f.

[2] Michael Embach führt sie als Schriftstellerin in seiner Bibliographie zur Trierer Literaturgeschichte auf. Vgl.: Embach, Michael: Trierer Literaturgeschichte. Die Neuzeit. Trier 2015, S. 336-339.

[3] Vgl.: Schoentgen, Marc: Juden in Luxemburg 1940-1945. In: *Forum - für Politik, Gesellschaft u. Kultur in Luxemburg*. Heft 179, 1997, S.17-19; ders.: Das »Jüdische Altersheim« in Fünfbrunnen. In: Wolfgang Benz, Barbara Distel (Hrsg.): Terror im Westen. Berlin 2004, S. 49-59.

[4] Vgl.: Stadtarchiv Trier (Hrsg.): Trier vergisst nicht. Gedenkbuch für die Juden aus Trier und dem Trierer Land. Trier 2010; Arbeitsgemeinschaft Frieden (Hrsg. V.): Stolpersteine erzählen. Ein Wegbegleiter zu den Mahnmalen für Nazi-Opfer auf den Bürgersteigen der Stadt Trier. Trier 2008, S. 43; ders. 2. Erw. Auflage. Trier 2015, S. 127.

[5] Wesner, Doris: Die jüdische Gemeinde in Simmern/Hunsrück. Familiengeschichte(n) und Schicksale aus den vergangenen drei Jahrhunderten. Mengerschied 2001, S.204.

[6] Vgl.: StadtA Trier.

[7] Zur Verfolgungsgeschichte von Ernst und Leo Salomon vgl.: Wenke, Jürgen: Das mehrfache Stigma. Homosexuell und jüdisch. Ein Zwillingspaar aus Trier. Online-Quelle: http://www.rosastrippe.de/dokumente/171106_stolpersteine_salomon_langfassung.pdf (08.07.2018)

[8] Fotografie: Monika Metzler. Ohne Monika Metzler wäre dieses Kapitel nicht in dieser Fülle entstanden. Ihr gilt großer Dank auch für die Entwicklung der Ahnentafel, die auf Seite 46 zu finden ist und die weit verzweigten Familienbeziehungen erhellen hilft.

[9] Für die Betrachtung einer ähnlichen Enteignung im Raum Trier und der dahinterliegenden wirtschaftsrechtlichen Verfahren empfiehlt sich ein Blick in: Ganz-Ohlig, Heinz: Romika – »eine jüdische Fabrik«. Die Schuhfabrik in Gusterath-Tal zur Zeit ihrer vorwiegend jüdischen Inhaber Hans Rollmann, Carl Michael und Karl Kaufmann; sowie Rollmann & Mayer in Köln und die damit zusammenhängenden Firmen- und Familiengeschichten. Trier 2012.

[10] Körtels, Willi: Jüdische Schülerinnen und Schüler an höheren Schulen der Region Trier. Konz 2015. Siehe insb. zu G. Schloß, S. 125 (mit einigen Ungenauigkeiten).

[11] Zenz, Emil: Die Stadt Trier im 20. Jahrhundert. 1. Hälfte 1900-1950. Trier 1981, S. 77.

[12] Zit. Nach: Zenz, Emil: Geschichte der Stadt Trier in der ersten Hälfte des 20. Jahrhunderts. 2.Bd. 1914-1927. Trier 1971, S. 1.

[13] Aus: Amtliches Kreisblatt für den Stadt- und Landkreis Trier Nr. 62, 1.8.1914.

[14] Vgl. für die Zahlen: Müller, Rudolf: Der Erste Weltkrieg: Eine Katastrophe auch für die Stadt und die Region Trier. In: ders. (hrsg. V.): »Es tut mir aufrichtig leid, daß ihr so oft beunruhigt seid.« Trierer im Ersten Weltkrieg (1914-1918). Trier 2014, S. 9-40, hier insbesondere: S. 14.

[15] Vgl.: Weiter-Matysiak, Barbara: »Heimatfront« im Trierer und Saarburger Land. Der Erste Weltkrieg im Spiegel regionaler Schulchroniken. In: Rudolf Müller (hrsg. v.): »Es tut mir aufrichtig leid, daß ihr so oft beunruhigt seid.« Trierer im Ersten Weltkrieg (1914-1918). Trier 2014, S. 239-256; Zenz, Emil: Geschichte der Stadt Trier in der ersten Hälfte des 20. Jahrhunderts. 2. Bd. 1914-1927. Trier 1971, S. 234-252.

[16] Bereits Anfang 1915 stellte man die Veröffentlichung der Verlustmeldungen ein. Vgl.: Müller, Rudolf: Der Erste Weltkrieg: Eine Katastrophe auch für die Stadt und die Region Trier. In: ders. (hrsg. V.): »Es tut mir aufrichtig leid, daß ihr so oft beunruhigt seid.« Trierer im Ersten Weltkrieg (1914-1918). Trier 2014, S. 22.
[17] Vgl.: Schloß, Gertrud: Begegnungen. Trier 1985, S. 25.
[18] Vgl.: Zenz, Emil: Geschichte der Stadt Trier in der ersten Hälfte des 20. Jahrhunderts. 2.Bd. 1914-1927. Trier 1971.
[19] Kißener, Michael: Heimatfront – Mainz und der deutsche Südwesten im Ersten Weltkrieg. In: Berkessel, Hans (hrsg. v.): 1914-1918 Kriegsalltag im Grenzland. Unterrichtsmaterialien zum Ersten Weltkrieg im heutigen Rheinland-Pfalz. S.20.
[20] Welter, Adolf: Die Luftangriffe auf Trier im Ersten Weltkrieg 1914-1918, Trier 2001.
[21] Zenz, Emil: Geschichte der Stadt Trier in der ersten Hälfte des 20. Jahrhunderts. 2. Bd. 1914-1927. Trier 1971, S. 237.
[22] Vgl.: Müller, Rudolf: Der Erste Weltkrieg: Eine Katastrophe auch für die Stadt und die Region Trier. In: ders. (hrsg. V.): »Es tut mir aufrichtig leid, daß ihr so oft beunruhigt seid.« Trierer im Ersten Weltkrieg (1914-1918). Trier 2014, S. 9-40, hier insbesondere: S. 37.
[23] Informationen entnommen aus der Immatrikulationsakte von Gertrud Schloß: Universitätsarchiv Heidelberg: uah_Rep. 29-456_1.
[24] Vgl.: Niehuss, Merith: Geschichten von Frauen – Frauengeschichte. In: Jantzen, Eva/dies. (Hg.): Das Klassenbuch. Chronik einer Frauengeneration 1932-1976. Weimar u.a. 1994, S. 275-318, hier S. 283.
[25] Vgl.: https://www.dhm.de/lemo/kapitel/weimarer-republik/alltagsleben.html
[26] Vgl.: Klopp, Eberhard: Geschichte der Trierer Arbeiterbewegung. Ein deutsches Beispiel. Bd. III, Kurzbiografien 1836-1933. Trier 1979, S. 71-73.
[27] Aus: Carno, Alice (Schloß, Gertrud): Aufruhr um Lilly. Berlin 1935, S. 135f.
[28] Ein fachwissenschaftlicher, d. h. politikwissenschaftlicher Blick in diese Arbeit scheint sinnvoll, um Details der Positionierung von Gertrud Schloß im linken Spektrum der Sozialdemokratischen Partei Deutschlands noch genauer zu erfassen.
[29] Folgende Zitate sind der Dissertation »Der Staat in der bolschewistischen Theorie und Praxis. Ein Beitrag zum Problem der staatlichen Organisationsform des Bolschewismus« von Gertrud Schloß entnommen. Universitätsbibliothek Heidelberg 1923, 927.
[30] Vgl.: Schloß, Gertrud: Der Staat in der bolschewistischen Theorie und Praxis. Ein Beitrag zum Problem der staatlichen Organisation des Bolschewismus. (Dissertation) Heidelberg 1923, S.
[31] Vgl.: Schloß: Staat, S. 5.
[32] Sozialistische Monatshefte. - 1925. - 31(1925), H. 3, S. 142 – 147. Zitate im Folgenden aus dem Artikel entnommen.
[33] Aus: Nachlass August Hertmanni Nr. 107.
[34] Vgl.: Wintzer, Joachim: Deutschland und der Völkerbund 1918-1926. Paderborn, München u.a. 2006.
[35] Vgl.: Sozialistische Monatshefte. - 1925. - 31(1925), H. 3, S. 142 – 147.
[36] Trierer Theaterblätter vom 19. Februar 1928 (Heft 11), S. 9-12. Nachlass Wolf-Heidegger StadtA Trier.
[37] Trierer Theaterblätter vom 15. Januar 1928 (Heft 9), S. 15-20. Nachlass Wolf-Heidegger StadtA Trier.
[38] Vgl.: Schloß, Gertrud: Begegnungen. Trier 1985, S. 45. Hier heißt es: In einem vom Trierer Stadttheater aufgeführten Stück »Ahasver« (Textbuch nicht erhalten) stellt sie die Gestalt des ewig heimatlos wandernden Juden in eine unmittelbare Beziehung zum aufkommenden Nationalsozialismus.
[39] Hier lässt sich aus dem Zeitungsausschnitt aus dem Nachlass von Ferdinand Laven und dem

Kürzel »KZ« nur die genaue Herkunft erraten. Es könnte sich auch um die Kreuznacher Zeitung oder die Kurpfälzer Zeitung handeln, da Heinrich Tiaden in Baden-Baden wohnte.

[40] Aus: NL Laven 3365, StadtA Trier.
[41] Leider konnten die Initialen nicht aufgelöst werden.
[42] Aus: NL Wolf Heidegger, StadtA Trier.
[43] Aus NL Wolf-Heidegger, StadtA Trier. Gerhard Wolf-Heidegger (29.12.1910-31.7.1986) wurde in Trier geboren, besuchte das Kaiser-Wilhelm-Gymnasium (MPG) in Trier, studierte Medizin und Naturwissenschaften in Bonn und promovierte zum Dr. phil. und Dr. med. Sein Nachlass im Stadtarchiv umfasst vor allen Dingen »Theaterzettel«, die er als junger Mann in Trier akribisch sammelte und mit den dazugehörigen Rezensionen ablegte. Hier finden sich beispielsweise die Hinweise auf die Uraufführung des Ahasver in den Trierer Theaterblättern. Vgl.: Simon, Bernhard: Wolf-Heidegger, Gerhard (Art.) In: Monz, Heinz (Hrsg.): Trierer Biographisches Lexikon. Trier 2000, S. 514, Sp. 2.
[44] Ferdinand Laven (14.8.1879-15.2.1947) verließ nach dem Abitur zunächst Trier und studierte in Frankreich, England, der Schweiz und Amerika. Er arbeitete als Pressekorrespondent in Frankreich, schrieb mehrere Romane in den ihm bekannten Fremdsprachen. Nach einem längeren Aufenthalt in Südamerika (Venezuela) kehrte er nach Trier zurück. Als Soldat kämpfte er im Ersten Weltkrieg. Er betätigte sich als Mundartdichter und Theaterrezensent für mehrere Zeitungen. So ist auch eine umfängliche Sammlung der Rezensionen zur Uraufführung des »Ahasver« von Gertrud Schloß in seinem Nachlass zu finden, der im Stadtarchiv Trier liegt.
[45] Aus: NL Wolf Heidegger, StadtA Trier.
[46] Aus: NL Laven 3365, StadtA Trier.
[47] Ludwig Hausberger wird in der Monographie »Los von Berlin«: die Rheinstaatbestrebungen nach dem Ersten Weltkrieg von Martin Schlemmer als dem »Nationalsozialismus nahestehend« beschrieben. Vgl.: Schlemmer, Martin: »Los von Berlin«: die Rheinstaatbestrebungen nach dem Ersten Weltkrieg. Köln e. a. 2007, S. 309. Ludwig Hausberger war seit 1914 mit Mathilde Johanna Hausberger geb. Borniger verheiratet, die als Mundartdichterin den Gedichtband »Von Mosellas Strande« verfasst hat. Vgl.: Brach, Gisela: Hausberger-Borniger, Mathilde Johanna (Art.) In: Monz, Heinz (Hrsg.): Trierer Biographisches Lexikon. Trier 2000, S. 162, Sp. 1.
[48] Dieses Schriftstück wird auch bei Klopp im Trierer Biographischen Lexikon erwähnt. Hier heißt es unter a) (Auswahl): Ahasver Schauspiel Trier 1928 – Aus der Geschichte des Theaters Trier. In: 1802 Stadttheater Trier 1927, Jubiläums-Osterfeier 1927 aus Anlass des 125jährigen Bestehens des Theaters der Stadt Trier, Trier 1927, 5-7. Vgl.: Klopp, Eberhard: Schloß, Gertrud (Art.) In: Monz, Heinz (Hrsg.): Trierer Biographisches Lexikon. Trier 2000, S. 404 Sp. 1.
[49] Ebenfalls in diesem Band abgedruckt.
[50] Aus: NL Laven 3365, StadtA Trier.
[51] Gertrud Schloß: Aufruhr um Lilly. Berlin 1935, S. 8.
[52] Ebd. S. 12.
[53] Ebd. S. 13.
[54] Ebd. S. 19.
[55] Ebd. S.70.
[56] Ebd. S. 44.
[57] Zuche, Thomas (hrsg. V.): StattFührer. Trier im Nationalsozialismus. 3. überarb. und erw. Aufl. Trier 2005, S. 73.
[58] Vgl.: Schloß, Gertrud: Begegnungen. Trier 1985, S. 24 „Nächtliche Stadt" und S. 28 »Der Schrei in die Welt«.
[59] Zit. Nach: Goetzinger, Germaine, Gast Mannes, Pierre Marson (Hrsg.): Exilland Luxem-

burg 1933-1947. Schreiben, Auftreten, Musizieren, Agitieren, Überleben. Ausstellung und Katalog. Centre national de littérature, Maison Servais, Mersch, Luxembourg, 2007, S. 73. Der Brief stammt aus der Sammlung Gast Mannes.

[60] Hier geben die Quellen beide Varianten an. Häufiger findet das KZ Chelmno Nennung. Lodz wird nur in der Trierer Veröffentlichung „Trier vergisst nicht" erwähnt.

[61] Zuche, Thomas (hrsg. V.): StattFührer. Trier im Nationalsozialismus. 3. überarb. und erw. Aufl. Trier 2005.

[62] Klopp, Eberhard: Kurzbiographien zur Geschichte der Trierer Arbeiterbewegung. Trier, éditions trèves, 1978, S. 71-73.

[63] Zit. Nach Recherchen von Christoph Herrig.

[64] Goetzinger, Germaine, Gast Mannes, Pierre Marson (Hrsg.): Exilland Luxemburg 1933-1947. Schreiben, Auftreten, Musizieren, Agitieren, Überleben. Ausstellung und Katalog. Im CNL können die erhaltenen und unter Pseudonym geschriebenen Romane von Gertrud Schloß eingesehen werden. Centre national de littérature, Maison Servais, Mersch, Luxembourg, 2007.

[65] Zit. Nach Recherchen von Christoph Herrig.

[66] Zit. aus dem Grußwort des Oberbürgermeisters Klaus Jensen. Vgl.: Stadtarchiv Trier (Hsg.): Trier vergisst nicht. Gedenkbuch für die Juden aus Trier und dem Trierer Umland. Trier 2010. S. 8.

Tamara Breitbach

Tamara Breitbach ist 1980 in der Nähe von Koblenz geboren. Sie hat Geschichte, Französisch und Deutsch als Fremdsprache an den Universitäten Mainz, Dijon und Trier studiert. Sie arbeitet als Geschäftsführerin des Umwelttechnik-Netzwerks Greater Green in einem EU-finanzierten Interreg-Projekt am Umwelt-Campus Birkenfeld.
Tamara Breitbach ist Mutter einer Tochter und kommunalpolitisch aktiv. Privat interessiert sie sich für lokale Zeitgeschichte und engagiert sich in verschiedenen Initiativen und Vereinen wie dem Trierer Archiv für Geschlechterforschung und Digitale Geschichte e.V.

Peter Klusen

Der lächerliche Ernst des Lebens

Roman
192 Seiten
Broschur
ISBN 3-88081-518-6

Ein Roman voll hintergründigem Witz und hohem Unterhaltungswert vor der Kulisse der deutschen Aufbaujahre nach dem Krieg.

Richard Breitenbachers Zeugung auf der Parkbank war ein Versehen, seine Geburt ist nur bedingt ein freudiges Ereignis.
Es ist die Zeit des Umbruchs und des Aufbruchs: Die Kinderjahre der zweiten deutschen Republik sind auch Richards Kinderjahre. Das Geschehen ist angesiedelt in den Fünfzigerjahren, überwiegend in der Stadt Mönchengladbach. Im Mietpunkt der Geschichte steht ein Mietshaus mit fünf Mietparteien. Hier in der Enge der großelterlichen Wohnung und in der Weite eines verwilderten Gartens verbringt Richard sein Leben – während die Eltern arbeiten, sich bald auseinanderleben und neuen Tagträumen und Lebenslügen nachjagen.

Das Mietshaus ist Dreh- und Angelpunkt eines vielschichtigen Geschehens. Der Autor beschreibt das psychosoziale Biotop dieses Hauses mit einem scharfen Blick für die Schwächen, aber auch die Stärken der Menschen, die hier leben und arbeiten, lieben und leiden. Er zeichnet ohne Schuldzuweisung augenzwinkernd und in kurzweiliger Prosa ein skurriles Panoptikum deutschen Nachkriegslebens, das angesiedelt ist zwischen Tragik und Komik. Das Leben pfeift dabei auf jeden Ernst, denn alles ist flüchtig: das Glück, das Leid, die Liebe, der Hass. Und nicht zuletzt das Leben selbst, dem keiner unschuldig entkommt.

éditions trèves

Medardstr. 105, 54294 Trier, Tel 0651 - 30 06 98
mail@kleine-schritte.de www.kleine-schritte.de

Während an der Front blutige Schlachten toben und die Wehrmacht an Boden verliert, geht das Leben in Ewen seinen gewohnten Gang: Arbeit, Schule, Partei, Kirche. Auch Angst ist da. Was geschieht wirklich an der Front? Der Roman ist angefüllt mit lebendigen Figuren aus der Welt der Daheimgebliebenen gegen Ende des 2. Weltkrieges. – Fesselnde Aufarbeitung des dunkelsten Kapitels deutscher Geschichte. Originelles, innovatives Psychogramm eines deutschen Dorfes während der Nazidiktatur.

Rudolf Alberg, Ewen in Krieg und Frieden
Roman. 520 S., Hardcover, ISBN 978-3-88081-442-4

Evelien v. Leeuwen erzählt von ihrer jüdischen Kindheit in der Zeit des deutschen Faschismus und die Zerstörung ihrer Familie. Zwei Jahre lang lebte sie mit ihrer Mutter in Bergen-Belsen. Scheinbar distanziert setzt sie sich mit dem Erlebten auseinander, auch mit den kleinen Greueln. Die großen Greuel nennt sie nicht. Gerade durch das Auslassen schweben sie um so bedrohlicher im Raum. »... sehr viel eindrucksvoller als spektakuläre Holocaust-Bücher.« (De Volksrant)

Evelien van Leeuwen, Späte Erinnerungen an ein jüdisches Mädchen. Autobiografische Erzählung, 60 S., Broschur, ISBN 978-3-88081-149-2

Gut erhaltene Überreste ihrer römischen Vergangenheit sind im Straßenbild der Stadt allgegenwärtig. Beim Bau einer Tiefgarage wird zwischen alten Mauerresten und Münzen ein Schädel gefunden. Der archäologische Hilfsarbeiter Mike Horridge, ein amerikanischer Student, recherchiert die Geschichte des Schädels und kommt einem alten Mord auf die Spur. Gibt es einen geheimen unterirdischen Gang in Form eines siebenarmigen Leuchters unter der Stadt?

Hans-Joachim Kann, Der dritte Arm von Rechts.
Archäologischer Kriminalroman,,
200 S.,Broschur, ISBN 978-3-88081-189-8

Wohl in keinem anderen Land ist die Linke derartig durch Geschichtsverlust gekennzeichnet wie in Deutschland. Diese einzigartige und umfangreiche Sammlung wurde in jahrelanger akribischer Recherchearbeit von Eberhard Klopp zusammengestellt. Sie enthält Kurzbiografien von 1836 - 1933 sowie Dokumente und Fotos im Anhang. Wie die Einzelteile eines Puzzles bilden die Biografien im Zusammenblick ein lebendiges und umfassendes Bild der Trierer Arbeiterbewegung.

Eberhard Klopp, Geschichte der Trierer Arbeiterbewegung. Ein deutsches Beispiel, Bd 3, Kurzbiografien 1836-1933, 160 S., Broschur, ISBN 978-3-88081-099-0

Originelle Kurzkrimis rund um den wahren Kaiser Konstantin und sein Imperium. Witzig, blutig, böse. – Konstantin der Große, Konstantin der Blutige – sein Ruf ist legendär. Der römische Kaiser mordete und ließ morden, was das Zeug hielt. Gleichzeitig begründete er das Christentum in seiner heutigen Form – was nicht jeder für einen Widerspruch hält.
Elf Krimi-AutorInnen haben sich von dieser schillernden Person inspirieren lassen und Kaiserkrimis geschrieben.

Rainer Breuer und Ursula Dahm (Hg.), Konstantin Reloaded. Kurzkrimis
96 Seiten, Broschur, ISBN 978-3-88081-548-3

Dr. Hans-Joachim Kann lässt die steinernen Inschriften in Deutschlands ältester Stadt sprechen: Im Straßenbild sichtbare schriftliche Überlieferungen unserer Vorfahren werden im jeweiligen bau-, stadt- und kulturgeschichtlichen Kontext erklärt. Kleine Anekdoten machen den Inschriftenführer zu einer amüsanten Lektüre. Keine andere Stadt (außer Rom) hat so viele lateinische Inschriften wie Trier. – Benutzerfreundliche Verständnishilfe sowohl für Touristen als auch für Einheimische.

Dr. Hans-Joachim Kann, Lateinische Inschriften in Trier. Band 1, Porta Nigra bis Hauptmarkt, 84 Seiten, ISBN 978-3-88081-507-7 - weitere Bände lieferbar

Globale und alltägliche Absurditäten werden hier schöngeistig auf den Punkt gebracht. Diese Engel haben viele Gesichter – nett, ironisch oder böse. Nicht selten sind sie überfordert mit dem Alltag in dieser Welt, als Schutzengel sowieso. Manchmal sind sie erotisch, immer jedoch politisch. – Jeder von uns hat bestimmte, früh geprägte Engelbilder, unabhängig davon, ob Jude, Christ, Muslim oder Atheist. Das Faszinierende an Cesaros Engelgedichten: Diese Prägungen schwingen im Unterbewusstsein während des Lesens dieser politischen Gedichte immer mit.

Ingo Cesaro, Aus dem Schatten der Engel
Gedichte, 320 S., Hardcover, ISBN 978-3-88081-604-6

Stille Beobachtungen aus dem Krieg über das Wesentliche im Leben. – Vukovar in Kroatien war 1991 Schauplatz besonders schwerer Kämpfe gewesen. Sie galt als eine der schönsten Barockstädte Europas. Nach der Kapitulation waren über 95 % der Häuser zerstört, rund 3.800 Einwohner ums Leben gekommen, Hunderte werden bis heute vermisst. Kurz vor dem Fall der Stadt faxte Siniša Glavašević am 12.11.1991 von 17.34 bis 18.33 Uhr diese Texte nach Zagreb.

Siniša Glavašević, Geschichten aus Vukovar.
Gedankensplitter, 120 S., Klappbroschur
Verlag Kleine Schritte, ISBN 978-3-89968-44-4

Marie-Sophie Michel

Dreißig Briefe an den Sommer

Novelle
96 Seiten
Broschur
KS 153

Lena erzählt von den letzten Monaten im Leben ihres Ehemannes und dem Hineinfinden in ein neues, ein eigenes Leben. Die Trauerarbeit wird einerseits zu Betrachtungen über eine Liebe, die Bestand hat durch gute und durch schlechte Zeiten. Andererseits beschreib sie die Geburt einer nicht mehr ganz jungen Frau, ihre Befreiung und Emanzipation von einem Leben, das sie nie hinterfragt hat. Lena reflektiert Vergangenheit und Gegenwart, prüft, womit sie abschließen kann und findet sich selbst neu.

In dreißig kurzen Briefen an Karl erinnert sie sich an die gemeinsame Vergangenheit und schafft damit Raum für ihre neue Zukunft. Schauplatz ist neben München und Rom vor allem die Gegend rund um den Golf von Neapel.

Aufmerksamkeit erregte auch die formale Entwicklungsgeschichte der Novelle. Entstanden ist sie aus Einträgen in den Trauerblog der Süddeutschen Zeitung, die Marie-Sophie Michel als Briefe an ihren verstorbenen Mann dort niederschrieb. Aus diesen Briefen an den Sommer – gemeint ist sowohl die Jahreszeit als auch der Ehemann, der den Nachnamen Sommer trug – entwickelte sie eine ruhige und gefühlvolle Novelle in der sie ohne jede Rührseligkeit auskommt.

verlag kleine schritte

Medardstr. 105, 54294 Trier, Tel 0651 - 30 06 98
mail@kleine-schritte.de www.kleine-schritte.de

Inhalt

Gertrud Schloß, Begegnungen, Gedichte	7
Rhythmus meines Lebens.	9
Einer Frau.	10
Der Klang über der Erde.	11
Mittag am Fluß.	13
Frühlingsnacht.	14
Orient.	15
Rote Rosen.	16
Lichter am Fluß.	17
Juninacht.	18
Liebesgedicht.	19
Rokoko.	20
Sommernacht.	21
Herbst.	22
Nächtliche Stadt.	23
Die Straße der Armut.	24
Ballade der Mitternacht.	25
Der Schrei in die Welt.	26
Karneval.	29
Ein Narr irrt durch die Welt.	30
Die Nacht des Eisens.	31
Einsamkeit.	33
Ahasver.	35
Tamara Breitbach, Lea Gertrud Schloß – Jüdin, Lesbe, Schriftstellerin und Sozialdemokratin. Biografischer Essay	41
1. Einleitung	43
2. Die Familie Schloß – gut vernetzt in der Region und unternehmerisch aktiv	44
3. Kindheit und Jugend in Trier	48
4. Studium in Würzburg, Frankfurt und Heidelberg	53
5. Die Beschäftigung mit dem Kommunismus	60
6. Politische Arbeit für Frieden und Freiheit	63
7. Künstlerische Arbeit	66
8. Leben im Exil	74
9. Wiederentdeckung von Getrud Schloß	80
Anmerkungen	84
Tamara Breitbach	89